DE SI BELLES ROMANCES

(Tome -1 d'Un si Joli bois...)

Gilles Desnoix

Roman policier

DU MÊME AUTEUR :

Romans :
Amok 1 Commissaire Justin Sorgho, AmazonKindle
LeBaffre de la Chouette, AmazonKindle
Montceau, la bascule des temps, Chapitre.com
Un si joli bois, AmazonKindle

Recueil de nouvelles

Bref, je vous la fais courte, Chapitre.com
Kurt, je vous la fais brève, Chapitre.com
LesTrolls du quotidien, Chapitre.com

Poésies :

Recueil 1 (poésies), AmazonKindle
Recueil 2 (poésies), AmazonKindle
Recueil 3 (poésies), AmazonKindle
Recueil 4 (poésies), AmazonKindle

PROLOGUE : LUCIE 1

« A dix huit ans je me casserai d'ici ». Voila le mantra de Lucie à dix sept ans et quelques. Non pas qu'« ici » ce soit le goulag comme elle clame partout, non ! Roger, le père, boucher charcutier respecté dans le métier et qui donne sa viande gratuite pour les pauvres de la paroisse, ne ferait pas de mal à une mouche...même pire il s'est évanoui lorsque pour la première fois il a vu estourbir un agneau... c'est dire. Mais il est trop conformiste, conservateur, vieux jeu pour Lucie qui piaffe de nouveautés par tous les pores de sa peau et sa libido qui la bombarde de décharges électriques.

Yvette, la mère, écologistocatolico de gauche moyenne et concernée, se complaît dans la résilience et la compassion. Sympa la vieille, 39 ans aux prunes, mais prêchi-prêcha.

Lucie qui sent que son destin doit être éclatant, dopé à l'oxygène des cimes azurées et moelleux comme la couette d'une vie sans soucis du tout, ne peut éclore dans un tel environnement tout juste bon à faire balbutier le destin d'un prolétaire barbu genre Abbé Pierre. Ce qui prouve son inculture à Lucie.

Il y a bien eu le grand blond avec des santiags noires, mais bon. Ce type ne fait pas rêver, il fait jouir, mais on ne vit pas d'orgasmes dans un coin sombre à l'abri du regard des vieux. Faut de l'adrénaline...ah quel pied quand elle a appris ce mot et compris son effet...

Mais maintenant elle vient de rencontrer celui qu'elle appelle « Johnny belle gueule ». Il lui fait penser à Mickey Rourke dans le film éponyme. Lucie est fan de cinoche, elle passe son temps à fantasmer devant les VHS et DVD de ses vieux et à en louer

des tonnes chez Pepito le fils Malandre qui tient une vidéothèque clandestine dans un des garages de son père, flic municipal. Une grande partie de son argent de poche, augmentée de ce qu'elle pique dans le tiroir de la caisse enregistreuse, va dans ces locations avec quelques pornos qu'elle regarde le soir sur l'ordi asthmatique des vieux avec ses écouteurs, enfin un seul, l'autre oreille servant à détecter tous mouvements dans la maison.
On n'est jamais assez circonspect quand il s'agit des parents. Pourquoi faut-il en avoir ? Pourquoi faut-il qu'ils soient si « lourds » ? Eux, plus les crétins de boutonneux, les filles jalouses qui ne comprennent pas que vous êtes devenue une femme, que vous les laissez à leurs poupées, à leurs mesquineries bêlantes. « A dix huit ans je me casserai d'ici ».. Et puis il y a l'Amour avec un grand A, un énoooorrrrme AAAAAA, celui qui vous fait éclater le cœur, gonfler la poitrine, qui vous titille le bas ventre et vous fout une boule partout.

« Johnny belle gueule », un dur de dur, un vrai de vrai, un qui sent bon le sable chaud et les tripes à l'air sur le champ de bataille... Enfin elle voit ça comme ça. Elle lui a dit qu'elle avait dix neuf ans, qu'elle aimait l'armée et qu'elle comptait s'engager bientôt.
Du Bebel avec du Brad Pitt mélangés.
2001 ; odyssée de l'espace, odyssée du cœur et de la psyché chez Lucie. Vigo Mortensen le mouillant Aragorn du seigneur des anneaux, elle n'a pas vu le film qui vient de sortir mais Pepito a eu des extraits par un copain qui a copié une bande annonce... le pied intégral... et Johnny belle gueule concentre tout cela en une seule apparition.
Il a été touché dans la jungle hostile. En vrai il a eu une attaque de palud ou des trucs comme ça en Afrique. Mais pour Lucie, il a reçu vaillamment une balle, il ne dit pas tout mais il a du en baver le pauvre à revenir forcément en rampant vers son camp parmi des ennemis ivres de sang et de carnage.
« Johnny belle gueule » ne lui a jamais rien dit de tel, il n'a d'ailleurs rien laissé entendre. Il est venu chez ses parents habitant la ville et se trouve être un copain du grand blond avec

des santiags noires, un gars de l'assistance. Comme une groupie Lucie à fait le siège du militaire en perm'.
« Ben oui, à force de sauter des négresses il a su apprécier une vraie amante blanche » a-t-elle lâché devant Martine sa copine aux yeux de bovin. L'autre a rentré plusieurs fois sa tête dans ses épaules en levant les sourcils, bouche extatique…

- Eh dis donc, ben dis donc, toi, moi j'aurai jamais c'te chance, tu parles si que j'aurais la trouille, ben dis donc et que c'est comment un dur de dur au lit ?
- Non, mais Martine, t'es trop quoi, au lit, on l'a fait comme là-bas, à la dure, je te jure que de ma vie je ne reconnaîtrai jamais ça.

Et Martine de soupirer en se refermant sur son pauvre vécu. Quand même elle a de la chance que la Lucie l'aime bien, pensez une fille qui a connu l'homme comme là-bas, à la dure… Mon dieu, mon dieu, mon dieu comme dirait sa mère en secouant ses mains jointes les yeux levés au ciel.

C'est vrai que Lucie aime bien Martine car c'est la seule qui gobe tout ce qu'elle lui dit, pas comme ces prétentieuses qui sans arrêt essaient de la dénigrer. Mais bon en tant que femme maintenant elle ne peut plus tout supporter, elle se doit de prendre sa vie en main, seule contre tous. Héroïne tragique née trop tôt dans un monde trop tardif. Lucie ne s'explique pas tout, en cours on a parlé des hormones, de leur importance dans le développement biologique et mental. Mais tout ça c'est des trucs d'adultes, de « sachants », rien à voir avec la réalité. P'tain les adultes sont trop dépendants des schémas. Lucie le sait, le sent, l'éprouve. Faut être soi-même. Rien de plus vrai. Alors les adultes te tirent en arrière, t'empêchent de grandir, de t'évader.

Lucie correspond bien à son époque, elle plonge en plein dedans. Elle aimerait avoir un portable mais sa mère ne veut pas, elle n'a qu'à utiliser le PC familial. Elle voudrait un mobile, les parents n'en n'ont pas encore. Elle se fout de l'actualité comme de sa première culotte en coton. A dix sept ans en 2001 les talibans

et compagnie, Saddam Hussein et autres Ben Laden elle s'en moque totalement, même mieux si on lui demandait de qui il s'agit elle ne saurait pas répondre. Mais p'tain des copines, enfin des connasses, des bolosses, ont un mobile, un GSM, pourquoi pas elle ? C'est bien les adultes qui réduisent leurs enfants à l'esclavage.
Parlez-lui d'Alizée et son tub « Moi Lolita »

Moi je m'appelle Lolita
Lo ou bien Lola
Du pareil au même
Moi je m'appelle Lolita
Quand je rêve aux loups
C'est Lola qui saigne
Quand fourche ma langue
J'ai là un fou rire
Aussi fou qu'un phénomène
Je m'appelle Lolita
Lo de vie, Lo aux amours diluviennes
C'est pas ma faute
Et quand je donne ma langue au chat
Je vois les autres
Tout prêts à se jeter sur moi

Fredonnez lui avec sensualité « I'm a slave for you. » de Britney Spears et elle vous fait toute la chorégraphie qui inquiète autant sa mère que son père et fait dégringoler les mâchoires inférieures des boutonneux de sa classe.

Je sais que je suis un peu jeune mais j'ai moi aussi des sentiments
Et j'ai besoin de faire ce que j'ai envie de faire
Alors laisse-moi y aller et écoute
Vous tous me regardez comme si j'étais une petite fille
Mais avez-vous jamais pensé que ça irait pour moi si j'entrais dans ce monde?
À toujours dire, "Petite fille, n'entre pas dans le club"
Bien, j'essaie juste de comprendre pourquoi, car j'adore danser,

ouais
Vas-y, vas-y, vas-y, vas-y
Vas-y, vas-y, vas-y, vas-y
Vas-y, vas-y, vas-y, vas-y

Son aspect général, son maquillage, son habillement reflètent cette identification autant que son langage et ses mimiques.
Quand son père ou sa mère avaient son âge on aurait dit « ils sont bien de leur époque ». Les chats ne font pas des chiens.
Le grand blond avec les santiags noires lui répète sans cesse que les hyènes ne font pas que des chacals, mais qu'elles ne font pas non plus de chat. Pourtant le monde est peuplé d'hyènes et de chacals et les gens s'attendrissent sur les chats.
Lucie vivait beaucoup plus dans son imagination et une vie fantasmée que dans la réalité. Pour elle le quotidien se résumait depuis longtemps à toutes les contraintes et son plaisir, sa « vraie vie » comme elle disait, se construisait depuis longtemps dans sa tête. Dotée d'une sorte de dédoublement de personnalité elle a toujours été capable d'offrir aux autres l'aspect attendu et de développer en elle la fille, la femme, l'être idéal.En plus, dotée d'un corps gracieux et bien proportionné elle avait très tôt développé une libido exigeante dont la construction avait été erratique parce biberonnée aux fruits du hasard et des incursions dans des domaines où l'amour n'était souvent montré qu'au travers de ce qu'il à de plus physique et commercial. Il y a toujours possibilité pour une fille débrouillarde de visionner du porno. Lucie est une fille très, très, débrouillarde pour tout ce qui l'intéresse vraiment.

Et puis elle a toujours développé une sorte d'addiction à l'interdit. Inconsciemment à l'interdit total et sans garde fou, consciemment avec un fond de peur qui justement semait l'excitation en elle. Son baroudeur représentait une nouveauté qui, pour elle, possédait sa part d'interdit, surtout que le Grand blond avec des santiags noires continuait de lui butiner sa fleur comme elle notait dans son journal intime. La princesse des

mille et une nuits jumelée à l'aventurière, sorte de James Bond féminin.
La confiance en soi et surtout la certitude d'être exceptionnelle ne peut admettre que l'on vous lâche comme ça en pleine nature, en pleine histoire d'amour irrésistible. Mais, drame… Emportant ses fragrances interdites des jungles hostiles et des combats sans merci « Johnny belle gueule » est reparti vers son destin dans le soleil couchant. « I am poor lonesone cow-boy ».
Drame, la princesse chute de son balcon sans amoureux éploré et subjugué pour la recueillir dans ses bras musclés et attentifs.
Et drame de nouveau, quelques semaines plus tard voila-t-il pas qu'elle constate que ses règles brillent par leur absence ? La cata totale.
« Ma pauvre faudrait peut être devenir réaliste » ne cesse de lui seriner sa mère depuis des années. La gueule qu'elle ferait si elle savait tout. Mais aussi quelle garde chiourme. La vie de Lucie n'appartient qu'à Lucie, elle seule peut en décider, dessiner les contours de son aventure de vie. Qu'elle crève la vioque, mais quelle merde quand même.
Lucie possède cette capacité de faire abstraction de tout sentiment humain et de toute jugeote quant il s'agit d'elle et de ses problèmes. Ce n'est pas de sa faute si elle doit se débattre dans un monde d'adultes où chacun couvre ses arrières, renvoie la patate chaude aux autres et se conduit en parfait égoïste tout en donnant des tonnes de leçons aux autres pour qu'ils ne fassent pas comme eux. Sauver sa peau devient l'arme absolue pour une gamine de bientôt dix huit ans. De toute façon, avec les adultes, la quadrature de l'amour devient un cercle vicieux impossible à briser. L'amour de soi est exclusif de l'amour des autres. D'ailleurs l'amour des autres n'est il pas une autre forme de l'amour de soi ? Les autres ne sont-ils pas des prédateurs qui se nourrissent de nous même, se repaissent de nos forces créatrices et s'accaparent notre vitalité ? Lucie pense profondément que les autres sont des araignées qui tissent leur toile pour la retenir prisonnière, l'engluer dans un cocon poisseux et aspirer son énergie vitale. Petit paillon avide de vie, de sensations sucrées,

elle butine. C'est sa nature, qui peut le lui reprocher. Un papillon est il fidèle à une seule fleur ? Éprouve-t-il de la honte à butiner des massifs entiers ?

Alors, partant de cette vision, elle a délaissé le grand blond avec des santiags noires pour connaître le nirvana dans les bras de Rambo. Fragile, mais volontaire, petite mais forte, l'image de cette délicatesse doit, devrait, inciter à un rôle protecteur de la part des hommes. Elle se veut indépendante et conquérante, mais cela n'enlève rien au fait que tout homme doit lui prêter main forte dans son désespoir et sa recherche d'absolu. Alors le grand blond avec des santiags noires reçoit les confidences romantiques et romanesques de la gente demoiselle. Un tel niveau d'inconscience et de cynisme involontaire (ou assumé ?) dépasse l'entendement.

Tel un chevalier blanc sur son destrier dressé comme un phallus sur l'horizon rose d'un lever de matin, l'épée vaillamment brandie, ou autre chose d'ailleurs à ce moment là sur le lit, il lui propose son royaume.

Quasiment outrée, en drapant sa virginité absente et sa nudité présente, Lucie se lève en s'entourant de la couette qui laisse son compagnon à l'état de ver essayant de se protéger du froid soudain et surtout de sa débandade morale.

« Putain qu'elle connasse cette chieuse, on ne me repousse pas pour un autre qui n'en n'a rien à foutre d'elle », hurle-t-il dans sa tête. Ce jeune homme de dix neuf ans appartient à la race des chasseurs, pas à celle des proies. Dans la préhistoire il aurait quitté son clan pour fonder le sien et l'aurait dirigé d'une main de fer. Deux égoïsmes forcenés et deux cynismes inconscients s'affrontent là pendant une seconde. A la différence de Lucie qui rêve, lui il agit froidement et possède au plus haut point une capacité de dissimulation sans faille.

Elle avait tout planifié, le voyage, l'arrivée clandestine, son intrusion dans le camp, en rampant elle rejoignait la tente où dormait « Johnny belle gueule », son sourire à la fois extasié et inquiet en la voyant...

Des heures passées devant l'ordinateur antédiluvien de ses

parents avaient fourni le top du top des renseignements quand à la destination, le reste avait été fantasmé en relisant deux ou trois Bob Morane. 5300 km à vol d'oiseau de parfait romantisme guerrier.

Peut être aurait elle du faire preuve de plus de psychologie et ne pas se confier tout à trac à la mauvaise personne.

Il avait ri, puis discuté le projet, s'était gaussé des 5300 km à parcourir à vol d'oiseau... bon dieu, elle disait n'importe quoi à n'importe qui sur n'importe quoi, cette connasse.

Lui, sa philosophie, acquise à coups de brutalités et de désamour, est simple et concise : les enfants heureux ont des nounours, des doudous, souvent les souffre-douleurs des enfants heureux. Les autres servent de souffre-douleurs aux adultes en quête de doudou. Un enfant sage peu arracher les yeux de son nounours, lui, arracherait, arrachera ?, les yeux de ceux qui le prennent pour un doudou maudit. Pas de la colère instantanée, non de la colère intrinsèque, comme une énergie négative qui alimente un moteur voué à foncer pour détruire.

De toute manière les gens cons ne devraient pas être autorisés à pondre des gosses.

Là il se souvient des paroles de Phil Collins.

« Comment puis-je seulement te laisser partir, te laisser partir sans une trace
Quand je reste ici partageant le même air que toi, oh, oh
Tu es la seule qui m'aies réellement connu.
Comment peux-tu partir, quand la seule chose que je puisse faire c'est te regarder me quitter
Parce que nous avons partagé les joies et les peines, et même partagé les pleurs,
Tu es la seule qui m'aies vraiment connu.
Alors regarde-moi maintenant, parce qu'il ne reste qu'un grand vide
Et il n'y a plus rien ici pour me souvenir, juste le souvenir de ton visage,
Regarde-moi maintenant, parce qu'il ne reste qu'un grand vide
Et que tu reviennes à moi serait contre toute logique et c'est ce que je dois affronter.

Je souhaiterais juste pouvoir te faire faire demi-tour, faire demi-tour pour me voir pleurer,
Il y a tellement de choses que j'ai besoin de te dire,
Tellement de raisons qui font que tu es la seule qui m'aies vraiment connu.
Alors regarde-moi maintenant, parce qu'il ne reste qu'un grand vide
Et il n'y a plus rien ici pour me souvenir, juste le souvenir de ton visage
Regarde-moi maintenant, parce qu'il ne reste qu'un grand vide
Et que tu reviennes à moi serait contre toute logique et c'est ce que je dois affronter.
C'est la chance que je dois saisir... oh, oh, oh
Regarde-moi seulement...
Ou regarde toi mourir ! »

DIMANCHE 5 AOÛT 2012

L'HORREUR TOTALE, effroyable, l'abominable angoisse de mourir d'asphyxie dans la seconde !!!

Elle vient de se réveiller de son évanouissement et elle retrouve cette atroce sensation de paralysie, saucissonnée sur son matelas pneumatique, les jambes relevées dans le dos liées avec une corde qui s'enroule autour de son cou en passant par un petit anneau qui lui rentre dans la peau.

La première fois elle s'est trouvée en hyperventilation, le cœur prêt à exploser devant une situation inconcevable. Pendant son sommeil on l'avait ligotée, strangulée avec une corde reliée à ses pieds relevés sur son dos. Chaque geste tendait le lien qui l'étranglait plus encore.

Situation totalement apocalyptique dont l'horreur n'avait pas permis alors l'interrogation que le pourquoi et le comment.

Elle s'était évanouie à bout de souffle en croyant mourir. Se sentant vivante, bien qu'horriblement mal en point, elle s'efforce de calmer son souffle, de ralentir le grand galop de son cœur. Petit à petit elle analyse ses sensations, se rend compte que certaines crampes tendent à basculer ses jambes sur le côté et resserrent le lien dans l'anneau qui lui serre plus la gorge.

Quel jour sommes nous, quelle heure ? fait il jour ? Elle n'a qu'un bâillon, mais ses yeux sont libres, elle voit mal car sa tête plonge dans le duvet sous elle. Elle essaie de tourner la tête, elle s'étrangle. Malgré tout elle peut semble-t-il en rapprochant les pieds de son dos gagner un peu d'aisance. Les muscles tétanisés elle arrive à tourner la tête un peu et du coup à mieux respirer. Il fait nuit, sa tente est éclairée par le lampadaire de l'allée du camping juste à côté.

Épuisée par son effort et par la crainte de resserrer l'étranglement elle fait une pose. Elle essaie de réfléchir... Pourquoi, comment par qui ? Cela lui semble pour l'instant sans intérêt, il vaut mieux réfléchir à comment se libérer. Cela la rassérène amplement. Sa pensée tend vers un but et du coup elle retrouve le calme.

Ses souvenirs se rassemblent. Elle s'est réveillée semble-t-il la première fois après s'être endormie heureuse. Ah oui, trois rendez vous. Chaque fois l'étonnement, d'abord de la voir, il la croyait à plus de cinq cents kilomètres de là, chaque fois elle avait parlé de sa grossesse, elle était enceinte de ses œuvres. Premier rendez-vous : engueulade il avait déclaré cyniquement qu'elle tombait mal, qu'il n'était pas un pigeon, second rendez vous réflexion, promesse de réfléchir, troisième rendez vous... le troisième rendez vous, il était venu la voir sous sa tente. Il avait réfléchi, Il avait dit

- Tu parles d'une surprise de te voir ici, je pensais que tu ne voulais plus me voir. C'est pour cela que je suis parti. Tu parles d'une seconde surprise, tu dis attendre un enfant de moi... il y a de quoi rester interloqué. Mais je suis heureux, vraiment.

Il l'avait prise dans ses bras, ils avaient fait l'amour, longtemps, langoureusement et s'étaient endormis. Puis au réveil il avait déjeuné avec elle en plaisantant comme un gamin. Il devait ensuite aller travailler, elle s'était rendormie jusqu'à se retrouver ligotée au réveil.

Il allait forcément revenir et la délivrer. Elle se rend compte qu'elle a eu conscience d'une présence à un moment avant son premier évanouissement avant qu'elle se mette à étouffer encore plus. Il y avait quelqu'un avec une voix bizarre, qui semblait s'agiter au dessus d'elle, une voix débile. Un homme, jeune... il se masturbait. Cette évidence la frappe soudain, le bruit, l'éclaboussement sur son dos, cette odeur forte... et ce

gémissement « pov' de toi, moi venir »
Elle ne se souvient de rien d'autre
Il y a comme un mouvement subtil, à peine audible et soudain elle sent un poids sur son dos et le lien qui est tiré très violemment.
Elle met moins d'une minute à mourir, il est deux heures du matin.
Une ombre sort précautionneusement de la tente. Un petit cri étouffé accompagne cette sortie furtive. Une silhouette s'efface de l'angle d'un camping car et part dans une allée avec la gestuelle d'un ours courant sur ses pattes arrières. L'ombre la regarde partir.
« Encore là petit vicieux, t'inquiète pas tu vas en avoir pour ton argent »
La nuit se referme sur une silhouette qui s'éloigne le long de l'allée. Tout un symbole, de toute une vie de deuils non accomplis passée à agir dans l'ombre et à régler les « problèmes » par une fin définitive.

*

Un appel anonyme à six heures du matin à mis en branle la gendarmerie. « Quelqu'un est mort dans la tente de l'emplacement 5 au camping du chêne vert ». Des appels comme celui-ci il n'y en a pas des masses à la brigade, alors il convient de faire vite. Le, enfin la planton mal réveillée, elle a encore la marque de son pull tire-bouchonné sur la joue, la nuque raide quelque part, regroupe ses neurones, fait fonctionner quelques synapses. « Sont chiants les gens à appeler à c't'heure là, si j'allais sonner chez eux ça ferait un scandale ». Elle n'aime pas la nuit ou le quart minuit huit heures comme cela arrive parfois du fait que la brigade n'a pas retrouvé la plénitude de ses effectifs et que le système de regroupement ne fonctionne pas. Les gens appellent et rien, que dalle, le néant. Le député a saisi la hiérarchie, chicayas politiques, engueulades de technocrates à tous les étages et la décision était redescendue… « On fait une garde

24/24, démerdez vous ! » Toujours pareil, en « haut », savent pas comment ça se passe en bas, mais c'est là que l'on doit trouver les solutions aux conneries d'en haut. Il manque 3 effectifs, plus la collègue en congé maladie après son burn out, et l'adjoint au Major qui soigne un cancer de la prostate. Ce n'est pas une vie. Les incivilités, les délits augmentent sans cesse et en plein mois d'août c'est le pompon. Tous les ans la situation empire avec les problèmes de drogue dans les campings, les boites de nuit, l'alcoolisme estival et compagnie. De plus la brigade est embringuée dans une enquête sur un trafic de métaux rares et précieux. Une collaboration entre plusieurs brigades et l'office national, un de ces merdiers... Bref, le bordel de plus en plus et toujours pas plus de femmes dans l'effectif, ça redonnerait de la niaque, du mordant, et dieu sait si on en a besoin avec ces connards de fachos qui devraient être virés depuis longtemps, ces vieilles badernes en attente de retraite. Enfin, cette brigade n'est pas la plus à plaindre, il y a pire et surtout le noyau moteur est composé d'un « Chef » sympa et super efficace et de jeunes qui se défoncent pour dix.

Après un long moment de rodomontades bien senties « la » planton dans un secouement de tête incertain décide d'appeler le chef.

Celui-ci comme à son habitude parait ne pas avoir dormi et être au top au bout du fil et cinq minutes après dans le bureau. Il ne dort jamais le chef ? Quand il paraît fatigué elle a compris que c'était de la colère, du ras le bol et un aveu d'impuissance, souvent momentané.

Un mystère ce type, un drôle de corps qui ne semble pas fait du même bois que le gendarme de base. Elle s'en méfie quand même un peu, même si elle est contente d'officier sous ses ordres. Pas misogyne pour un sou, plutôt bienveillant, mais chef quand même. Les collègues le disent très introduit dans certains milieux, certains cercles, il serait un protégé du général, enfin c'est ce que bavassent certains collègues dont elle se méfie aussi... Trop à droite-droite ceux là.

Enfin, urgence crime, faut appeler. Lui, comme à la manœuvre, décision rapide, sans appel, mais toujours avec calme : coup de fil au gérant du camping, celui-ci va voir, retour affolé, une jeune femme étranglée semble-t-il. Le type à l'air secoué au bout du fil, la planton le connaît, ne le porte pas dans son cœur, elle le prend pour un charlot et un vicieux, mais là elle sent que quelque chose de grave s'est produit.
Le Major Pelvoux, en moins d'une demi-heure, part accompagné d'un de ses subordonnés. A la Brigade on chuchote : « son préféré ». Il y a une certaine jalousie pour ce nouveau venu depuis quelques mois. Il se murmure que c'est à la légion, au niveau régional que la décision a été prise. Et le gars fait trop propre sur lui, un parcours impeccable, on dit même des citations tant à l'armée que chez les pompiers… et une gueule de premier de la classe.
Pour le moment cette tête à claque, pour les cancres, suit le Major et tire une tête de six pieds de long.

Sur place, ils restent un moment à regarder autour d'eux.
« comment des gens peuvent passer des vacances dans de telles conditions » pense le Major alors que son compagnon d'enquête matinale trouve les lieux coquets et confortables, lui qui a connu des bivouacs en plein désert ou au cœur des forets africaines. En même temps il sent un frissonnement désagréable dans son ventre. Il n'est pas certain d'avoir compris, le chef a bien dit « emplacement 5 » ? Mon dieu, pourvu que…
Ce camping, au moins trois étoiles, n'est pas le must, mais il offre moult services et surtout il est bien tenu, les sanitaires sont bien entretenus, le calme y règne… ce sont les rapports consultés qui le disent.
Leurs réflexions ne durent pas parce que lorsque leur tour d'horizon s'achève, ils aperçoivent un type tire-bouchonné au regard en biais qui semble avoir froid alors qu'il fait déjà chaud. Drôle de type, le genre qui engendre le malaise. Les deux hommes échangent un coup d'œil à son propos. On sent chez eux une réprobation instinctive en regardant l'homme approcher.

Les campeurs ne sont pas tous éveillés sauf quelques vieux, en short et cabas à la main qui attendent à l'accueil le pain et les croissants. Ils ont vite flairé quelque chose de suspect et forcément l'arrivée des gendarmes les titille et leur fait déserter la file d'attente pour se précipiter à la suite de la voiture. L'emplacement 5 se situe très prêt de l'accueil, au bout d'une allée à la lisière du camping. Le gérant est là, un pantalon et une veste passés sur son pyjama rayé qui s'aperçoit dans l'encolure. Son teint blême, sa peau flasque et son habitude de ne jamais regarder la ou les personnes face à lui provoque toujours un recul. Ce gars ne fait pas net, pas propre, pas franc. En même temps les deux savent à quoi s'en tenir. Mais des types comme lui ils en trouvent sur leur chemin à longueur de journées.
Il refoule gentiment mais fermement les petits vieux qui manquent de se fâcher et ne se reculent qu'à regret.

- Vont m'affoler les campeurs ceux là, jette-t-il aux gendarmes.

Le Major Pelvoux a du mal à prendre son interlocuteur au sérieux.

- Faites venir un équipage pour sécuriser les lieux, lance le Major au gendarme qui l'accompagne.

Ce dernier se met immédiatement en communication avec le planton de la brigade. La discussion est brève, le ton sec et sans réplique.

- Seront là dans un quart d'heure.

Pelvoux acquiesce en sortant un petit carnet dont la couverture représente un pékinois. Son chien dont il est complètement fou. Ce qui fait rire à la brigade. Mais Pelvoux ne s'est jamais marié, vit seul, son seul compagnon reste au fil des années un pékinois. Filou est le sixième de la lignée, toujours en provenance de la SPA ou d'associations de sauvegarde animale.

- Bon, vous êtes le gérant ?

Il le sait, il est intervenu plusieurs fois au camping, comme il était intervenu plusieurs fois dans le supermarché que cet homme dirigeait auparavant. Il tique sur le pyjama sous l'habit visiblement passé pour l'occasion de l'arrivée de la gendarmerie.

- Oui, j'assure la permanence de fin de nuit, d'habitude il n'y a rien à signaler, enfin sauf cette nuit. Comment avez-vous été averti ?

Une lueur maligne et inquiète passe subrepticement dans son regard. Le Major ne répond pas, il n'en n'a ni envie ni le loisir. Il s'approche de l'ouverture de la tente, une tente hexagonale Pop Up, sans y pénétrer, il soulève délicatement l'ouverture.

Une odeur douceâtre, assez indéfinissable lui titille les narines, il y a une certaine chaleur à l'intérieur de la tente, pas étonnant le thermomètre suspendu sur un côté atteint les vingt six degrés. La journée va encore être chaude, à tous les points de vue.

Sur un duvet vert pâle se trouve un corps étendu sur le ventre, libre de tout lien mais dont les poignets, les chevilles et le cou portent des marques rouges, presque noires.

Les signes présents prouvent que la mort a été terrible, l'agonie sans doute longue, horrible.

Il s'agit d'une jeune femme qui a dû être belle, mais que la strangulation a horriblement défigurée.

Cette vision tétanise les deux gendarmes, pendant quelques secondes ils sont incapables de voir autre chose. Le Major Pelvoux a du mal à reprendre sa respiration. Il a déjà souvent vu des cadavres dans sa carrière et parfois des choses horribles dans des carambolages, des défenestrations, mais là quelque chose le touche encore plus. Son collègue, Philippe Martin réprime avec difficulté une envie de vomir. « Elle, c'est elle ! Comment est-ce possible ? » Les deux gendarmes restent un moment interdits, se regardent sans comprendre ce qui se passe dans l'esprit de l'autre, pourtant tous deux savent que dorénavant faudra qu'ils trouvent le courage de parler de cet instant.

Puis le professionnalisme reprend le dessus, leur regard englobe la scène de crime.

Il ne règne pas de désordre dans l'étroite tente à deux places. Le tout ne forme pas un gros volume, à l'intérieur on ne peut se tenir totalement debout. Martin se dit que ça ne doit pas être très solide, mais sans doute très pratique, sans montage compliqué. Pelvoux reste dubitatif sur ce genre de matériel « et s'il fait un gros orage », voila la question qui lui vient à l'esprit. Il combat cette technique de contournement. « Mon vieil Adrien, tu dois te concentrer sur la scène de crime, rien d'autre ne doit t'occuper l'esprit ». Plus facile à dire qu'à faire. En même temps il sait que son œil enregistre plein de détails qui lui reviendront forcément ensuite.

Une valise et un sac de voyage constituent les seuls autres éléments présents en dehors d'un valet pliant sur lequel sont impeccablement suspendus les habits de la femme. D'ailleurs l'aspect général de la morte incite à penser qu'il ne s'agit pas d'une junkie ou d'une fille du type Baba Cool. Dans sa tête Pelvoux pense « je me fais vieux... Baba Cool il y a au moins trente ans que ça ne se dit plus. Non, elle a l'air d'une chouette fille ! ». On ne dit plus ça depuis une bonne trentaine d'années, depuis ses débuts dans la gendarmerie... une trentaine d'années, oui, ah, non c'est parti !

Le spectacle horrible saisit le Major, qui fronce intensément des sourcils comme s'il se remémorait quelque chose. A la brigade tout le monde a remarqué avec le temps que Pelvoux s'arrête parfois les sourcils levés –ou un seul, le droit- pour se remémorer quelque chose. Parfois ça dure quelques secondes, d'autres fois plus longtemps. Soit il serre le poing et le secoue en claquant de la langue : ça y est il a trouvé, soit il secoue la tête avec un grognement : ça ne lui est pas revenu. Dans ce cas de figure faut pas trop lui marcher sur les pieds car il devient assez agressif.

En l'occurrence tout son corps se tétanise, une onde se propage atteignant les personnes présentes qui d'un coup accusent le choc sans vraiment comprendre ce qui se passe. Même le type du camping a l'impression qu'une abeille vient de la piquer. Il lâche un petit cri. Du coup il s'énerve tout seul.

Martin a tilté lui aussi, d'abord parce qu'il comprend que son chef essaie de se rappeler quelque chose, mais aussi parce que cette mort le ramène lui aussi à une affaire en cours. Mais Pelvoux ne l'a jamais rencontrée, donc il ne peut la reconnaître. Alors quoi ?

Les petits vieux se sont subrepticement rapprochés, face au gérant furieux comme un bœuf piqué par un taon, force leur est

de reculer, mais ils ont tendu le cou et aperçu un pied nu entre les jambes des deux gendarmes qui bouchent tout vue. Ils hochent la tête et échangent des regards entendus.
Martin et Pelvoux sont trop pris par leurs pensées respectives et la scène de crime pour aller les faire taire et les houspiller.
La jeune femme est vêtue d'un short et d'un tee-shirt en toile légère et chamarrée, sans doute ses vêtements de nuit.

- Martin prévenez la scientifique, le légiste, le proc et tout le toutim

Le ton est calme mais il véhicule une charge émotionnelle intense. Il doit répéter son ordre car Martin ne l'entend visiblement pas.
Le gendarme Philippe Martin, un trentenaire, mince, grand et blond a eu un haut le cœur en voyant le corps de la jeune morte. Un témoin attentif pourrait remarquer la pâleur qui a envahi son visage et l'intense étonnement, pour ne pas dire la sidération de son regard. Il se recule avec des gestes automatiques et se met à l'œuvre pendant que son supérieur inspecte le corps et l'intérieur de la tente sans y pénétrer. Son chef a été déjà surpris de son comportement lorsqu'il lui a appris qu'il y avait vraisemblablement eu un meurtre à l'emplacement 5 du camping. Mais il a mis cela sur le fait que le gendarme semblait mal réveillé et qu'un meurtre au camping lui paraissait incongru. Mais là une pensée s'insinue en lui « qu'est-ce qu'il a aujourd'hui, faut vraiment qu'on en parle, je ne l'ai jamais vu comme ça ! »
Mais il se concentre sur ce qu'il doit faire et l'idée passe !

Philippe Martin, après avoir passé les coups de fils ordonnés, se retourne vers le gérant.

- Son nom ?

L'autre a cet air de chouette apeurée qui intrigue et énerve passablement Philippe. Soit il cache quelque chose, soit il a tellement de choses à se reprocher qu'il passe son temps à énumérer ce qui peut le faire tomber, soit… il est con. Philippe hésite entre ces trois hypothèses. Il a même l'impression d'avoir eu le temps de faire un footing avant que son interlocuteur réponde avec un ton qui rappelle le caramel qui coule.

- Agnès Levavasseur, elle est arrivée il y a trois jours. Elle venait retrouver un amoureux

Une alarme retentit dans l'esprit du Major, il se retourne vivement vers Philippe Martin qui lâche son calepin et se baisse pour le ramasser.

Le Major prend en main l'interrogatoire.

- Un amoureux ? Elle a donné un nom ?

Soit on vient de le décongeler, soit ce mec a pris une grosse décharge électrique à la naissance. Il semble que les mots passent mal pour atteindre son cerveau, en tout cas il lui faut un temps fou pour réfléchir et répondre.

- Non

Ben mon gars il y a fallu du temps pour qu'il trouve la bonne réponse.

- Il est venu ?
- Non
- Vous êtes sûr ?
- Non, mais personne ne m'a demandé après elle. Voyez, moi j'ai pensé que cette brave fille se faisait des illusions et que le gars lui posait un lapin
- D'après vous elle attendait un amoureux ?
- Oui
- Comment avez-vous su ?

Pelvoux fronce tellement les sourcils que cela fait bouger sa casquette.

- Elle me l'a dit en s'inscrivant, elle était heureuse comme une puce.

Le Major essaie vainement de se représenter le bonheur d'une puce. Philippe Martin fronce intensément du sourcil comme s'il doutait de ce que le gérant avance. Il doute en dehors même de ce que peut dire ce type….En même temps la nausée remonte, il lui faut déglutir plusieurs fois pour calmer le phénomène.

- Elle vous paraissait heureuse de ces retrouvailles ?
- Oui, paraît qu'il bosse dans le coin, qu'il allait être

surpris de sa venue

- Ah, il ne la savait pas là
- C'est ce que j'en ai déduit

Déduire ? Espionner, inventer ? Les deux gendarmes échangent un regard... décidément ce type est louche...

- Elle est là depuis 3 jours, pas d'incident à signaler ?

On sent que l'homme hésite, il se gratte la tête peu garnie d'une chevelure anémique. Pelvoux s'impatiente, il claque de la langue. Ce geste incite le gérant à parler après un sursaut craintif.

- Ben, c'est-à-dire... dans un autre domaine

Il a du mal à sortir son histoire. Il se tortille tout en parlant, une nouvelle fois Pelvoux trouve que cet homme n'est pas franc du collier. Ça fait un moment et pas qu'aujourd'hui qu'il se méfie de ce type, de ce qu'il lui dit. Mais bon, faut rester objectif et attentif. Au cours de sa déjà longue carrière il a eu à rencontrer des hommes et des femmes dont le comportement induisait des conclusions souvent erronées. Certains maîtrisent mal la prise de parole face à l'uniforme ou une autorité, voire une blouse blanche et n'ont rien de rien sur la conscience. D'autres portent des ombres ou des taches sur cette fameuse conscience mais n'ont rien à se reprocher dans le cas particulier qui les confronte aux autorités. Alors comment se fier à une première impression..

- Voyez nous avons là une femme très méritante... Madame Lanfrontin... voyez, elle nous fait du ménage, elle s'occupe aussi des espaces verts...

Sans trop d'impatience, mais visiblement quand même un peu, le Major attend que le gérant déroule son histoire tout en se demandant où il veut bien en venir. Toute sa gestuelle encourage son interlocuteur à poursuivre rapidement. Le gérant le sent bien mais non il n'y arrive pas comme ça.

- Cette femme a été abandonnée par son mari et s'est retrouvée sans rien. Ils ont un mobile home qui leur appartient sur notre terrain. Elle était sans travail, alors voyez sans ressources, mais faut payer les charges, l'électricité, etc. Alors, voyez, je l'ai prise en contrat pour l'aider.

Pelvoux se racle la gorge, Martin tape du pied. Ils sentent qu'il faudra sans doute creuser ce « pour l'aider », mais ce n'est pas encore le moment.

- Elle a eu un problème avec la morte ?
- Euh non, pas elle
- Qui alors ?

Le gérant se dandine d'un pied sur l'autre, comme un gamin pris en faute qui a du mal à l'avouer. Philippe Martin s'avance agacé, l'homme en face de lui a un recul réflexe comme s'il s'attendait à se prendre une baffe en pleine poire.

- Voyez, elle s'est retrouvée seule avec son fils… il est… un peu attardé, enfin voyez c'est un handicapé… comme qui dirait un attardé.
- Et ?
- Ben voyez des fois quand elle travaille et qu'il n'est pas en institut alors il se ballade dans les allées
- Oui ? Et ?
- Ben voyez, il lui arrive d'aller regarder de trop près des fois et ça mécontente les femmes
- Il importune des clientes ?

Le Major et le gendarme Martin se regardent d'un air entendu comme pour se dire « il ne doit pas être le seul, notre témoin ne doit pas être innocent dans ce domaine »

- Ben voyez, des fois un peu, on m'a dit que ces handicapés ont des comportements euh… comment dire… tendancieux, des attitudes déplacées
- Du genre ?

Là le gérant soulève les sourcils comme si l'explication est au dessus de ses forces ou indicible.

- Du genre, du genre, ben, euh, voyez comment dire… il montre son… son…
- Il se masturbe devant elles ?

Un soupir de lâche soulagement…

- Oui, voila quoi
- Et la morte s'en est plainte ?
- Ben voyez, elle l'a surpris regardant par une des

ouvertures de sa tente

- Et ?
- Ben j'ai disputé Tutur
- Tutur ?
- Euh, oui, il se prénomme Arthur.

« De la table qui ne tourne pas rond », ironise le gendarme Martin leur tournant le dos.

On sent que tout ceci l'exaspère au plus haut point et qu'il botterait volontiers le derrière du gérant pour lui faire sortir son histoire plus vite.

Le Major ignore cette intervention. Il sent son subordonné sur les nerfs, il choisit de laisser couler...

- Vous avez disputé Tutur donc
- Ben, voyez, j'essaie de le canaliser sans affoler sa mère, surtout

Il s'interrompt brutalement, interroger ce type revient à se trouver dans la position terrible d'un oiseau aux pattes prises dans la glu répandue par un salopard de chasseur sur une branche, on ne s'en dépêtre pas.

- Surtout quoi ?

On sent bien là que le Major Pelvoux partage l'exaspération de son subordonné et surtout son envie de coup de pied quelque part.

De nouveau le gérant montre une gêne patente.

- Ben, surtout que je venais de le réprimander la veille parce qu'une cliente anglaise avait fait un scandale pour la même raison et avait abrégé son séjour. Faut dire que cette femme était exécrable et très hautaine, alors que ces manières... voyez.
- Et ça lui arrivait souvent ?
- Ben des fois, quoi...d'habitude il est en institut, cette fois il y a eu un problème sanitaire, ils ont fermé depuis une semaine, Tutur était venu le samedi, ils ont fermé le lundi, donc il n'y est pas retourné.

Martin interrompt la discussion

- La scientifique sera là dans une heure, le médecin légiste se gare là bas, le proc, ou un substitut, viendra vers onze heures, il n'y avait encore personne de dispos au tribunal.

- Bien, merci Monsieur restez à notre disposition, vous serez à l'accueil ?

Le gérant ayant acquiescé, le Major, après s'être ébroué comme pour chasser une fatigue terrible, s'éloigne en direction du médecin légiste qui s'approche. Pelvoux a l'impression pénible d'avoir tiré à la corde pendant une heure tout seul contre une douzaine de malabars acharnés. Une fatigue physique doublée de nerfs en pelote. Une pose serait la bienvenue, sauf que ce n'est toujours pas le moment. Et puis si quelqu'un est esclave du devoir c'est bien le Major Pelvoux, ça lui fera encore quelques cheveux gris.

1992

Depuis six mois Roro vivait dans une nouvelle famille d'accueil. Comme cadeau pour ses dix ans il avait reçu une volée cruelle de coups de ceinturon de la part du père de famille. Un ivrogne affreux qui battait sa femme, violait ses filles et obligeait son fils à coucher dans le poulailler avec les poules en lui criant chaque soir en fermant la porte de grillage « attention au renard ».
Titi ne l'avait plus vu depuis que la « Dame » de la DDAS et un gros type rougeaud étaient venu chercher son copain il y a six mois.
Ce soir, sa mère qui chantait toujours, avait préparé une crêpe-partie où Titi avait englouti force confitures de Grand-mère Agnès, du comté râpé, et ô délice du chocolat bien amer.
Sa maman était venue le border, malgré ses dix ans, et lui avait comme à son habitude mouillé la joue d'un baiser ventouse. Papa avait suivi juste après et lui avait dit combien il l'aimait, combien il était heureux d'être son Papounet chéri.
Du coup les monstres sous le lit et dans le placard étaient restés tranquilles.
Titi venait de s'envoler en compagnie de Luna, sa copine de classe qui sentait bon le jasmin et dessinait de drôles de choses en marge de ses cahiers. Il y eu comme un coup de tonnerre, mais si réel que le sommeil en fut comme zappé. Debout dans son lit le gamin écouta, inquiet, tendu, il n'aimait pas l'orage. Le bruit se renouvela, mais là il comprit soudain, quelqu'un tapait contre les persiennes de sa chambre. Le peur le prit, mais ce fut plus fort que lui il alla ouvrir la fenêtre.

- C'est qui ?

Une voix faible et qui semblait pleine d'eau lui répondit

- Roro, vite ouvre, je ne veux pas qu'il me trouve.

Le sang de Titi ne fit qu'un tour, il ne réfléchit plus, il ouvrit les persiennes et une sorte de boule humide rentra brusquement dans sa chambre.

Roro restait prostré au sol. Ses habits mouillés étaient déchirés, ses bras et ses jambes griffées, il y avait du sang partout.

Sans savoir pourquoi Titi s'était mis à trembler et à pleurer en gémissant doucement une main devant sa bouche. Cela avait attiré sa mère. Découvrant l'enfant en sang elle avait alerté son mari. Les deux en larmes s'éraient occupés du gosse pour le laver, le soigner, lui trouver des vêtements de nuit propres.

Le père de Titi avait émis l'idée d'appeler la gendarmerie tout de suite, Roro avait supplié en se lamentant « les gendarmes ils vont m'emmener vers l'autre salaud et je vais encore prendre une triquée »

Titi avait joint ses lamentations à celles de son copain, sa mère y était allée de ses supplications à son mari. En fin de compte, Roro avait passé la nuit dans le lit de Titi en secouant le matelas de ses hoquets et sanglots avant de s'endormir d'un sommeil agité d'horripilations et de petits cris de défense étouffés.

Les mecs pensent comme des triples buses et les filles comme des renards. D'ailleurs ces derniers ont une apparence très féminine, très sophistiquée, trop subtile !

DIMANCHE 5 AOÛT 2012 SUITE

- Salut Jean Pierre, rien n'a été touché et personne n'a pénétré dans la tente.
- Personne ?
- Enfin depuis l'appel anonyme le gérant alerté est venu, a soulevé le panneau d'entrée et au téléphone m'a juré de ne pas être entré. D'après lui il n'y avait personne dans le secteur, après il est revenu, comme je lui ai demandé, monter la garde.

Le médecin hoche la tête pas vraiment convaincu.

- Bon, en même temps ça regarde la scientifique, mais bon, après les souris de laboratoire disent que c'est de ma faute si certains indices sont dégradés ou effacés.

Mais le fameux Jean Pierre passe son temps à râler contre tout et même pire, contre rien. Sa femme en a eu marre et est partie avec le pédopsychiatre de son fils.

Il pénètre sous la tente après avoir enfilé des sur chaussures. Il a le même sursaut que les gendarmes et pourtant des macchabées il en voit tous les jours pour les faire parler sous son scalpel.

- Ben elle est jeune dis donc, je dirais vingt et un vingt deux, pas plus. Elle a été maltraitée dis donc. Je peux déjà te dire qu'il ne s'agit pas d'une strangulation manuelle. Elle n'est pas morte d'un infarctus dû à une frayeur. C'est le genre de l'auto strangulation, tu vois, mais elle a eu les mains liées dans le dos, ce qui rend très improbable l'auto strangulation.

Il examine consciencieusement le cou et pousse une

exclamation

- Dis donc, la corde passait dans un anneau, regarde il a laissé une trace sur la peau du cou.

Il semble content, ça le sort de son quotidien terne, peut être n'a-t-il jamais encore rencontré ces type de meurtre... un esthète, enfin !

Le Major pousse un cri étouffé, le légiste et Martin ont un sursaut en voyant la transformation de son visage.

- Damien, qu'est ce qu'il y a ?

Le Major se reprend rapidement, il reste comme une ombre légère sur ses traits.

- Rien, non rien, un vieux souvenir. Donc tu dis qu'elle a été attachée les mains dans le dos ?
- Je le jurerais, deux indices : le premier le sang a stagné à l'intérieur du poignet alors que la peau est entamée sur tout le tour, la face du corps porte la trace de l'accumulation sanguine, mais pas les bras. Donc à priori les bras ligotés dans le dos. Il s'agit en fait d'une strangulation mécanique par un lien passé dans un anneau et relié aux pieds qui ont été eux aussi liés ensemble. J'ai déjà eu ça en autopsie quand j'étais étudiant, un cas d'école Messieurs ! On laisse la personne s'étrangler seule, pas besoin d'être présent. Du clic and connect !

Le Major ne dit plus rien, on le sent très tendu, recueilli en lui-même autour d'une pensée qui l'obsède. Il a accusé le coup, et pourtant des choses et des scènes terribles il en a vu et abordé dans toute sa vie de gendarme... Là, visiblement, ça vient de le marquer fort, fort, fort. Philippe note de l'interroger là-dessus, il sent que quelque chose vient de se passer, quelque chose qu'il ne peut négliger. Le tout reste de trouver comment aborder le sujet. Pelvoux n'envoie personne paître, il ne domine personne de son autorité en abusant de sa position, mais un seul regard suffit et on n'insiste pas.

Cet homme, sec, blanc de peau, aux cheveux gris, avance dans

la vie avec un calme grave, une sérénité extrême. On sent bien que tout est analysé, classifié, réfléchi, pesé, soupesé avant toute intervention, instruction, décision.
Tous ces collègues au cours de sa carrière ont à la fois pu s'appuyer sur son jugement et son autorité et à la fois eu une attitude attentiste ou opposée. Certains voient en lui quelqu'un qui ne se mouille jamais, d'autres pensent le contraire tout en l'étiquetant de gauche et donc hors de son rôle de gendarme.
Ceux qui le connaissent vraiment, ce n'est pas facile car il ne se livre absolument pas, savent que cet homme porte haut et fort une humanité et un sens élevé de la justice. D'aucuns affirment même qu'il s'agit d'une sorte de moine soldat. Il ne s'est jamais marié, il n'en possède pas moins une énorme compréhension de l'humain et des rouages familiaux.
Pour Pelvoux il n'y a pas des dossiers différents les uns des autres sans aucun lien, non il y a des histoires humaines qui se répondent les unes les autres, qui partent de situations qui se répètent, des qualités et défauts partagés par tous, des drames qui fondent leurs racines aux mêmes terreaux quelques soient les couches de la population concernées. L'expérience accumulée au fil des années et des enquêtes constitue dans sa tête une documentation énorme où il puise les éléments de sa pratique au quotidien. Souvent il établit des parallèles entre deux affaires et trouvent des pistes ou des manières d'aborder l'enquête différemment que ses collègues.
Là, aujourd'hui, un bip signale dans l'esprit du major un lien possible. Mais alors lointain, revenant au début de la carrière du gendarme et se rattachant surtout à un souvenir qu'il n'aime pas faire revenir et qui surtout à totalement orienté sa carrière et son caractère.

*

Le gendarme Martin semble lui aussi agité par de profondes réflexions, pas forcément très agréables. En fait depuis trois jours il est assez agité. Cela surprend ses collègues qui l'ont

toujours trouvé zen, renfermé certes, mais zen !
Martin s'accorde assez avec le Major au niveau du tempérament. Pourtant ce type a eu un parcours particulier, un dur de dur, disent certains. Mais ce n'est pas ce qui transparaît en premier. Pas de mâchoires serrées, pas de visage émacié, d'yeux enfoncés sur un regard dur, pas de démarche de baroudeur. Non, un gars simple, doux, attentif, introverti. Beaucoup n'aiment pas ce profil dans la gendarmerie où, d'après la légende sans doute, des liens très forts unissent tous les membres de la profession, les équipes de la brigade. Sauf que Martin affiche une répulsion pour l'extrême droite, pour certaines attitudes qu'il constate et réprouve dans le métier. Cela lui attire de profondes inimitiés.
En regardant autour de lui il aperçoit que l'allée au bord de laquelle se situe l'emplacement 5 aboutit à une placette stabilisée en étoile où aboutissent cinq autres allées. D'une superficie de deux centaines de mètres carrés le lieu sert de giratoire au centre duquel un massif en béton supporte un mat d'éclairage. Un projecteur se trouve face à chaque allée et sous la couronne des éclairages deux boîtiers ronds de caméra attirent l'attention de Martin. Les objectifs ne sont pas dirigés en alignement des allées mais perpendiculairement, faisant face aux emplacements.
Un espoir ? Pas certain, trop souvent elles sont réellement fictives ou pas reliées à un enregistreur, ou ce dernier est inutilisable, enfin pas certain quoi ! Bon faut tenter la chance et être vigilant, très !
Laissant là le médecin et son supérieur le gendarme s'éloigne en direction de l'accueil du camping.
De par son passé de militaire et de pompier, Philippe Martin, a été confronté souvent à des situations très dures et surtout horriblement ancrées dans la réalité. Il ne se fait jamais de roman, même si là il y a tempête sous un crâne, il ne comprend pas la situation, il ne comprend pas comment il se trouve mêlé à ça. Ça, c'est une situation tragique à laquelle il doit faire face en utilisant tout ce qu'il a appris des situations de crise de son passé. D'abord garder son calme, ne pas paniquer, réfléchir froidement

On lui a enseigné cela, il l'a appris sur le terrain avec ses tripes, mais là… Comment avancer, comment ne pas trébucher ? Comment ? Par qui ? Pour quoi ? Pourquoi elle ? Ici ?
Il sent que tout son être se tend, se tétanise. Alors il souffle, oblige son rythme cardiaque à baisser, son souffle à s'apaiser. Il entend contrôler ses émotions.
Pourquoi elle, si jeune, si inventive, si centrée sur elle-même ?
En même temps elles sont des milliers comme elle plus centrées sur la satisfaction de leurs plaisirs que sur les relations humaines profondes. Et les garçons, alors ? Ceux que Philippe connaît depuis son enfance peuvent prétendre à la palme d'or ! Roro, il l'a croisé plusieurs fois dans des institutions ou des familles d'accueil. Si quelqu'un est bien centré sur son nombril c'est lui. Un caractère faisant fuir les bonnes volontés, décourageant les plus empathiques et un des plus cyniquement violent que Philippe ait connu en dehors des zones de guerre. Roro, tiens il habite le patelin de la jeune morte, au fait.
Le malaise s'installe, Philippe voudrait chasser ces pensées de sa tête, seulement cela n'est pas possible, elles s'installent et prennent tout l'espace. Elles se complexifient au fil des secondes… l'enquête sur le trafic d'or, oui c'est vrai, c'est comme ça que ça a commencé.
Laisse tomber mon vieux, laisse tomber, reviens les pieds sur terre, obnubiles toi sur les détails et les indices et ne gamberge pas.

Tournant en boucle ses pensées il s'achemine vers l'accueil du camping.

*

Jean-Pol Vaudier, revenu à son bureau, reste un instant dubitatif. Il n'arrive pas à rassembler ses idées. Une chose l'obsède… le premier coup de fil juste deux minute avant celui des gendarmes. Chesterfield ?
Une seule personne l'appelle ainsi, parce qu'il ne fume que des

Chesterfield, un type aux poings de granit, une saloperie de mauvais sur pattes.
« C'est Chesterfield, visionne un peu les caméras, il y a eu un grand noir dans le quartier, mais un grand blanc aussi, du spectacle quoi....Ah Ah Ah...il y a du bintz dans l'air, Ah Ah Ah, visionne bien... »

Qu'est ce que ce con voulait dire ? Et soudain alors que son regard se tourne vers les écrans de l'accueil il entend un bruit de pas derrière lui. Danger

- Dites donc, j'ai vu des caméras de vidéo surveillance elles sont fictives ou elles fonctionnent ?

Jean-Pol saute sur place, tétanisé...

- Hein, quoi, qui, moi ?, non je ne....

Et il se retrouve nez à nez avec le grand gendarme blond qu'il connaît de vue. Après avoir avalé sa salive comme s'il s'agissait de faire passer un parpaing dans sa gorge, le gérant du camping arrive à articuler...

- Des quoi ?

Martin se demande si le type en face de lui ne va pas tomber dans les pommes, si c'est un émotif grave ou s'il ne trimballe une conscience arrimée à une tonne de béton.

- Des caméras de vidéo surveillance
- Ah, euh, oui, voyez, euh...

Là encore les explications sont longues, tortueuses et pas nettes. Martin pense « peut pas dire les choses simplement en quelques mots ? »

- Oui, mais bon, enfin voyez... si elles fonctionnent
- Bien, et vous enregistrez ?

L'envie de coup de pied au cul redevient d'actualité instantanément.

- Alors là, voyez, ça a été toute la difficulté. Ben voyez, au départ on avait comme qui dirait installé des caméras fictives, mais les gens se rendaient comte qu'elles n'étaient pas vrai, vous savez la p'tite loupiote rouge qui clignote. Comme qui dirait ça ne trompait personne. Voyez, on avait fait ça suite à une série de vols sous les tentes et dans les caravanes. Ça n'a rien empêché, alors voyez, le proprio a fait installer des vraies. Trois mats dans le camping, 6 cameras. Il n'y a pas eu trop de vol depuis.

C'est le bocal familial de moutarde qui titille les narines de Martin.

- C'est enregistré oui ou non
- Hein ? ah euh, oui… vous voulez dire enregistré… enregistré sur des disques ?
- Oui

Soit ce type est débile, soit ce type est retord, est-ce qu'il existe des débiles retords ? Certainement…

- Ah euh, voyez oui, bien sûr, je n'avais pas compris ce que vous entendiez par « enregistré »

Martin le regarde ahuri « qu'a-t-il bien pu comprendre ? je ne le saurai sans aucun doute jamais »

- Donc c'est enregistré

Le ton est si sec et tranchant qu'un calepin tombe de l'espèce de banque sous les vitres du guichet… résultat de cause à effet ?

- Par là même oui, voyez

Martin manque de lui hurler que justement il ne voit rien mais qu'il vaudrait mieux que cela cesse.

- Comment visionne-t-on ?
- Visionne-ton ? Ah oui, comment regarde-t-on les images

Bon, en fait ce type est plus débile que retord… quoique !

- Ben oui, comment visionne-t-on ?
- Dans le bureau à côté, nous avons un vigile qui fait la nuit, et le personnel de l'accueil à un œil sur l'écran déporté, vous voyez là haut dessus de la vitre du guichet.

En effet un écran divisé en 6 sous écrans permet de suivre avec plus ou moins de facilité les caméras. Sur le deuxième pavé, Martin, peut suivre les faits et gestes des campeurs jusqu'à une tente qu'il identifie comme celle de la morte.

- Dommage on voit la tente de derrière, j'aperçois

tout juste le Maréchal des logis, mais pas sa tête. C'est le maximum que l'on peut obtenir ?

- Ben voyez, si on prend en main le joystick on peut faire pivoter un peu la caméra, vous gagnez un ou deux mètres.

Pendant qu'il explique, il manœuvre la poignée et effectivement le Major entre en entier dans le champ.

- Les images sont conservées ?

La litanie habituelle qui démange un pied prêt à rendre service.

- Voyez, le proprio a entendu faire les choses bien, alors les images sont stockées sous la forme de ce que vous voyez sur cet écran. Le tout pendant un mois. Tout ça dans des disques durs de deux colonnes qui se trouvent dans la pièce du vigile.
- Je pense que le procureur va réquisitionner vos enregistrements sur les quatre ou cinq derniers jours. Donc dorénavant personne n'y touche. Votre vigile est parti quand ?
- Comme tous les jours à six heures
- Il n'a rien signalé ?
- Rien
- De six heures à la prise de fonction du personnel il n'y a personne ici ?

Une fois de plus le gérant paraît gêné, il se dandine d'un pied sur l'autre.

- Ben voyez, comme qui dirait je suis célibataire, alors je loge au dessus du local voyez.

Il lève les yeux vers le plafond.

- J'ai un petit deux pièces confortable, voyez, alors quand Pepito part
- Pepito ?
- Ah oui, le vigile. Il s'appelle Yaneck mais ça fait pas vacances, alors je lui ai donné Pepito ou Chesterfield comme noms de fonction. Quand il part il sonne un coup comme ça

Il appuie sur un bouton au mur et on entend au dessus une sonnerie brève mais stridente. Martin regarde le gérant avec la sensation d'être prisonnier d'un cartoon. « Je vais me réveiller, je vais me réveiller »

- Alors je me lève j'enfile des habits sur mon pyjama et je descends me faire un café et regarder l'écran tout en déjeunant, puis je remonte me doucher, m'habiller et être prêt pour quand le personnel de l'accueil arrivera vers huit heures.

Martin regarde sa montre

- Ne vont pas tarder.

Il redonne ses consignes concernant les enregistrements et part rejoindre le Maréchal des logis.

Dans sa tête le germe de la suspicion est en train d'éclore concernant ce gérant bizarre et louche.

*

- Ben ou étiez vous passé ?
- A l'accueil, regardez ce mat derrière vous, il dispose de caméras qui fonctionnent 24/24 et sont enregistrées. Il y a six caméras dans tout le camping. J'ai donné instruction de ne toucher à rien pour que le procureur puisse réquisitionner l'enregistrement
- Excellent, excellent
- Peut être pas chef, j'ai vu qu'avec cette caméra là bas l'on aperçoit que l'arrière de la tente et un peu quelqu'un qui se trouverait devant, mais jusqu'aux épaules, pas au dessus.

Le Major fait la moue

- Ouais, bon on verra, il y aura peut être des choses intéressantes pour celle-ci et peut être pour les autres. Le toubib dit que la mort s'est produite vraisemblablement juste avant le coup de fil ou dans le quatre heures précédentes, eu égard à la chaleur nocturne, il y a de fortes chances que celui qui a appelé soit le meurtrier. A la brigade ils sont sur le coup pour trouver le numéro qui nous a appelés.

Pelvoux croit à la science pour aider l'enquêteur, certes, il croit surtout dans la capacité de réflexion de l'homme. Bien entendu, des images aideraient forcément, elles montreraient des choses, mais elles ne diraient certainement pas les motifs, les intentions. Pour lui il n'y a pas d'un côté les faits et de l'autre une vérité policière ou judiciaire, il y surtout et d'abord une vérité humaine. Tuer n'est pas un acte anodin, alors il convient d'accorder une attention primordiale aux motivations, au psychisme de l'auteur, aux circonstances, à ce qui a entraîné le passage à l'acte... Les indices peuvent dire qui, comment, mais sûrement pas pourquoi, à cause de quoi, quel but était recherché. Philippe Martin le sait aussi, depuis des mois de collaboration avec Pelvoux il sait cela. Mieux il a vécu au milieu d'hommes des situations de tension, traumatisantes et il sait que ce n'est pas l'arme qui est mortelle, quelle qu'elle soit, mais l'intention de s'en servir comme un moyen de règlement définitif. Mais il sait aussi que les moyens techniques permettront de découvrir qui est derrière l'acte... après il faudra apprendre à comprendre le « pourquoi ».

Le Major et lui se complètent bien de ce point de vue. Ils forment une bonne équipe, un vrai tandem. Cela énerve la moitié de la brigade, ceux qui se définissent comme les « tradis », ceux qui ont une vision étriquée des « Gens d'arme ».

- Major, euh, voila, elle s'appelle Agnès Levavasseur

Pelvoux regarde son subordonné avec circonspection

- Oui, et ?
- Ben, c'est la femme que je suis allé interroger sur le trafic de métaux rares et précieux, vous savez ?

Le major se fige, puis en secouant son poing

- Ouais, c'est ça, quand j'ai entendu le nom je me disais que je connaissais.

Il s'arrête, regarde Martin, fronce du sourcil. Les pensées se bousculent dans sa tête

- Vous ne l'aviez pas reconnue là ? Qu'est ce qu'elle fout là ? Qui venait-elle retrouver ? Hein ?

Martin blêmit à cette dernière interrogation. Pelvoux se frotte le front avec vigueur.

- Et si elle était venue vous retrouver vous ? Pas pour un amoureux comme ce crétin de gérant le dit mais pour parler de l'affaire sur laquelle vous l'aviez interrogée ?

On sent que le raisonnement suit son cours dans son cerveau.

- Chef si c'était pour ça elle serait venue à la brigade pour parler ou déposer ?
- Mouais, elle pouvait encore peser le pour ou le contre, ne pas arriver à ce décider.

Martin ne répond pas, il se contente de regarder ses souliers. Pelvoux réfléchit de son côté, puis il s'exclame.

- Et merde j'ai perdu ma pensée, il y a quelque part un détail qui m'a frappé, il y a quelque part un truc qui a été dit ou qui m'a conduit à penser… mais quoi, bon sang j'ai du mal à m'y retrouver. Bon, nous allons prendre le dossier par le bon bout, avant de faire des hypothèses qui pourraient être démenties dans l'instant, commençons par le début, c'est-à-dire la scène de crime.
- Oui mais je
- Non, pas de oui mais je… on fait comme j'ai dit.

Martin songe que ça ne va pas être simple par la suite, le Major aurait mieux fait de l'écouter.

*

Vers midi le numéro appelant est identifié, c'est celui du portable de la morte. La scientifique est arrivée vers dix heures avec un camion de matériel, trois TIC, des paravents et des projecteurs. L'emplacement 5 a été sécurisé, clôt de paravents en toile, les curieux maintenus hors périmètre par deux policiers municipaux débonnaires.

La presse locale alertée par on ne sait qui a délégué deux correspondants qui ont mitraillé les lieux avec leurs appareils photo et ont déjà pondu des articles devant être mis à jour sur les blogs.

A la boulangerie, au bar tabac et à la boucherie les langues vont bon train. Tout le patelin sait maintenant qu'un crime a été commis, il est même question que France 3 envoie une équipe, voire même France 2.

Dès que le TIC chargé des photographies a officié, il a transféré ses clichés à la Brigade.
Pour l'instant le Major Pelvoux et ses effectifs ont l'enquête en charge, ils deviendront peut être des auxiliaires de la section de recherche ensuite.
Après deux heures minutieuses pas ou peu d'empreintes relevées. Il semble qu'une tentative d'effacement ait eu lieu avec un chiffon imbibé de diluant à vernis. Le petit flacon de la trousse de maquillage inspecté est quasiment vide et de la couleur et du parfum désagréable tous deux identiques à ceux du liquide imbibant un mouchoir blanc en tissu retrouvé roulé en boule dans une corbeille à papier à l'angle de l'emplacement. Il subsiste des empreintes palmaires et digitales partielle très brouillées.
Ce travail minutieux peut donner des résultats car visiblement la scène de crime n'a pas été polluée par des allées et venues et des personnes touchant à tout. Malgré tout les tissus de la tente, le duvet et le matelas gonflable ont été recouverts d'une fine pellicule humide due à la rosée matinale précédant le début de la chaleur matinale. Ce n'est pas toujours facile dans ces conditions de relever des traces nettes.
La scientifique a analysé l'ensemble des objets présent sur la scène de crime, cherché sur chaque des empreintes, des fibres, des dépôts de poussières caractéristiques, des fluides, trouvé des poils et des cheveux. Tout cela va partir au labo.
La collecte s'avère minutieuse, protocolaire, rythmée de mises en sacs, répertoriés, classés. Il a là comme une atmosphère religieuse, les espèces de cosmonautes en blanc semblent accomplir un rite très précis.
De dehors, avec les paravents tendus autour de la tente et des quelques mètres définis comme périmètre on ne peut rien voir. Et pourtant les curieux passent jeter un coup d'œil, certains sont

là depuis le début à tendre le cou.
Une femme d'une soixantaine d'années est venue plusieurs fois chercher son mari avec un sempiternel « alors qu'est-ce qu'ils font ? ». Le mari ayant à chaque fois haussé les épaules avec un « j'en sais rien, ils cherchent », elle ronchonné « ben alors viens au moins prendre ta douche ». Mais il n'a pas bougé, claquant seulement de la langue d'un air irrité.
Le photographe a pris des clichés des papiers de la jeune morte ainsi que de tous les documents se trouvant dans ses affaires et sous la tente.
Dans le lot un journal intime non verrouillé. Tous les clichés ont été transférés sur le mail pro du gendarme Martin.

*

Le substitut Lansballe est venu vers quatorze heures sur place, a discuté un moment avec les techniciens et est venu à la brigade. Passage rapide où il a pris connaissance d'un résumé dressé par le Major et est reparti ensuite en laissant pour consigne de le tenir informé.
Il affiche une mine maussade. Nous sommes dimanche et le dimanche matin normalement Lansballe va faire un parcours de golf. Aujourd'hui il est de permanence car son collègue Brizart vient d'être père. C'est lui aurait du prendre la communication téléphonique de la brigade. Du coup pas de golf et un crime au camping en contrepartie. Il ronchonne dans sa moustache. De toute façon Lansballe est un procureur de salon. Il y a des toutous de salon et des chiens de plein air, lui n'est pas un procureur de plein air. La campagne l'ennuie, le contact des gens l'emmerde, et en plus il soupçonne sa femme de s'envoyer en l'air avec un type en uniforme… alors !

Sa mère l'a tellement couvé qu'elle a dû lui trouver une femme adapté à ses ambitions, une qui ne lui ferait pas d'ombre, pas une concurrente. Manque de chance Sophie Volendieu-Perinet, la digne fils du Professeur Volendieu-Perinet de la Sorbonne s'est avérée une hypocrite troisième dam. Une oie

blanche aux yeux pudiquement baissés qui a vite fait le tour de la libido adolescente de son mari et de l'emprise maternelle. Sous ses airs de sainte nitouche elle développe une vie personnelle riche dont la belle famille à peur de voir dévoiler les turpitudes au grand jour. Belle maman, outragée dans son amour maternel, ne veut plus en entendre parler et le pauvre Gaétan Lansballe se trouve déchiré, écartelé, entre les récriminations maternelles et l'incapacité de satisfaire les besoins de son épouse.
Alors il ballade partout son air de bouledogue français grincheux, ses remarque atrabilaires.

*

La presse locale présente au camping le matin, l'est également à la brigade. Et c'est sur ses représentants que le substitut irascible déverse sa mauvaise humeur. Cela donne des mises à jour des articles en ligne.

*

A cinq cents kilomètre de là, dans le patelin où la jeune morte enseignait, Jean louis, le facteur aux moustaches de concours - reconnues depuis longtemps comme les plus belles du canton, voire du département- sirote son café dans sa cuisine alors que sa femme vadrouille dans l'appartement en bruissant comme une radio. Il réfléchit à des lettres qu'Agnès Levavasseur a remises devant lui au guichet il y a quelques jours. Paulette Burnier, la guichetière, une concierge de la pire espèce, a attendu que la cliente soit sortie pour montrer les enveloppes à Jean Louis.

- Une fieffée salope celle-là, crois moi, regarde, trois mecs, et on les connaît. Lui, là il est pas flic ou un truc comme ça ? l'autre là… ce n'est pas le porteur de « poil » à frire ?

Le porteur de poêle à frire, et non de poil à frire, pour Paulette, dite Paupiette, cette appellation habille pour l'hiver un type qui fait profession de chasseur de trésor, mais qui roule quand

même un peu sur le fric.
Jean Louis le Facteur se souvient du gars... L'aime pas particulièrement, mais bon, s'il fallait aimer tous les détenteurs de boîte à lettres de sa tournée.
Pourtant de penser au porteur de « poil » à frire l'amène à penser au copain de ce dernier. Un gars qui avait fréquenté sa sœur à Jean Louis. Un type bizarre... Il ne le connaissait pas vraiment, sa sœur cachait ses amours... un peu comme l'Agnès. Jean Louis pourrait en dire long sur elle et ses « amours ». Mais bon s'il fallait, mon pauvre ami, s'interroger sur le sens de la vie pour tout le monde parce qu'une fille à la cuisse légère, au sein d'une famille de curaillons snobs, envoie des lettres à des hommes....
Souvent il à remarqué que c'est dans les familles les plus collet monté que l'on trouvait ce genre d'histoires de cuisses légères, d'enfants secrets ou incestueux. Depuis le temps qu'il arpente les rues à vélo, et même avant quand il était aux comptes, au conseil et tout le toutim, il en a vu, il en a su des histoires graveleuses, des drames familiaux autour de « fautes » méconnues des familles et du grand public, ou presque.
Jean Louis il peut vous sortir l'état civil, les filiations sur plusieurs générations. Il a une mémoire faite pour ça, un cerveau d'anthropologue, d'historien généalogiste.

Mais il n'y a pas que la guichetière jalouse et grincheuse qui a des choses à dire sur la famille Levavasseur. La poissonnière peut, si elle le veut, si elle dispose du bon public, vous remonter à l'arrière grand-mère, une bonne sœur défroquée qui avait séduit un médecin de campagne dont la femme serait morte mystérieusement et qui a ensuite épousé l'ex sœur Aglaé.
L'herboriste, un vieux moisi qui sent l'humus et l'urine de suricate -ça c'est Jean louis qui le pense-, lui s'intéresse plutôt à la Delphine, la sœur de Dame Levavasseur, mère d'Agnès. Elle a fait pharmacie avec lui, il a été son chevalier servant d'après ses propres dires, puis elle l'a laissé tomber pour convoler avec un notaire bedonnant et bègue, son aîné de vingt ans. Un tempérament de bayadère lubrique, d'après lui, qui a fait que

le « Maître » Trentin-Lampasse de Longjarret, ci-devant notaire à été cocu pendant les dix ans de leur hymen et est mort du rythme que la libido de sa femme lui imposait.
Même la bouchère, une grosse moustachue à chair ferme et début de calvitie cachée par une perruque de travers, peut dégoiser des heures sur cette famille de culs bénis en feu.
La charité chrétienne ne semble pas s'être vraiment inquiétée du dernier souffle étranglé d'Agnès. RIP et n'y revient pas.

*

Le gendarme Philippe Martin compulse les photos sur son écran et les édite sur son imprimante. La carte d'identité et le permis de conduire portent le nom d'Agnès Thérèse Sophie Levavasseur Dit Pelux. Les photos d'identité de la jeune femme âgée de vingt deux ans et trois mois montrent un visage doux, aux yeux malicieux.

Difficile de se faire une idée sur les photos d'identité, mais elle devait être jolie ; grommelle le Major se tenant derrière le siège de Martin et regardant l'écran par-dessus son épaule.
D'une voix brouillée Martin répond qu'en effet son chef a raison. Il y a toujours quelque chose de particulier à soudain faire irruption dans la vie de quelqu'un mort violemment. Philippe a vécu ces instants de multiples manières. En Afrique lorsqu'il fallait aller en mission de police dans le cadre de la lutte antiterroriste. Entrer dans les maisons, les cases, sous les tentes. De l'effraction de vie pure et simple, quelque chose souvent de dégradant pour ceux qui la subissent. Comme pompier aussi, il se rappelle cette scène terrible. Une chambre en désordre qui sent mauvais, une ampoule poussiéreuse qui n'éclaire pas tout, sur le lit aux draps jaunis, une femme au visage tuméfié, des marbrures partout sur le corps. Le mari avachi dans un canapé aussi défoncé que lui et qui grommelle en tentant de se lever pour agresser les pompiers. Le médecin qui lui crie « ta gueule Tony ou je t'en colle une » et qui lui enfile l'aiguille d'une

seringue dans le bras. « Nous foutra la paix ce con, il est défoncé, c'est une saloperie sur pattes ce mec ». Le type grogne encore un coup, lâche un long pet mal odorant en rigolant comme un bossu et pionce d'un coup. La femme gémit au milieu des draps terriblement froissés et trempés. Elle est en train d'accoucher, elle souffre aussi des coups reçus. Ce sont les voisins qui sont intervenus, ont appelé la police et les pompiers. Il y a eu échauffourée, un papy du deuxième étage à un œil au beurre noir et une épaule démise. Un prof de gym du quatrième a placé un uppercut d'anthologie qui a envoyé le sieur Tony dans son canapé. Il a été incapable d'en sortir. « Ce salaud la tapait parce qu'elle avait mal, elle va accoucher, vous vous rendez compte, elle l'empêchait de regarder la télé » raconte en boucle la voisine de palier.

La femme en douleurs sur le lit regarde tout ce monde autour du lit à la fois avec frayeur et la honte aux joues. Elle essaie de cacher le bas de son ventre et pourtant elle ne peut pas car la tête de l'enfant est prête à sortir. Philippe Martin qui s'occupe de l'oxygène et des constantes n'ose même pas la regarder, il se sent comme un voyeur, comme lorsqu'il perquisitionnait dans les villages dits rebelles ou suspects.

Il se surprend à expliquer cela au Major installé dans son dos. Il ne sait pas pourquoi, si, il le sait, pour combattre la gêne et pour ne pas dire d'autres mots. Pelvoux lui serre l'épaule d'un geste apaisant peu courant dans leurs relations hiérarchiques.

La première page du journal intime remonte à trois mois. Premiers mots « ce n'est pas vrai, je vais me faire tuer ». Ensuite « « pas manqué la vieille a hurlé, le vieux serré les dents, les vieux cons, culs bénis »

Le lendemain « je le fais passer ou pas ? Les vieux si je fais ça vont mourir de honte, ça me débarrasserait d'eux aussi »

Au fil des pages Agnès a tracé en filigrane son parcours du combattant entre tests répétés parce qu'elle espère se tromper sur son état, que sa copine Chantal lui répète que « c'est des conneries ces trucs », ses parents décrits comme des catholiques intégristes et l'idée de retrouver le géniteur pour qu'il la sorte de

cette situation. La mère a voulu l'entraîner à une séance chez le curé de sa paroisse. Agnès a quitté le domicile familial et a été hébergé pendant un temps par Chantal qui lui répète sans cesse que « le mec doit casquer, qu'il doit faire ce qu'il faut ».
Des tensions naissent avec Chantal il y a une dizaine de jours, alors Agnès se forge l'idée de venir au camping en donnant rendez-vous à celui qu'elle appelle « ? » dans ses écrits : « j'ai donné rendez vous à ? »

Il y a dans ces écrits succincts quelque chose d'enfantin, mais aussi de fataliste qui donne une impression de malaise à lire les lignes griffonnées. Tant Martin que le Major sont gênés. Mais bon le travail c'est le travail et peut être la solution s'offre-t-elle quelques pages plus loin.

- Venir à ce camping a été mûrement réfléchi parce que « ? » semble se trouver là. « La bonne piste semble là, j'enverrai inv. sur place ».
- Inv., sans doute invitation, maugrée le Major
- Sans doute, bizarre quand même comme terme, il devait s'agir plus d'une convocation, non ?
- Oui, mais bon, avec les jeunes de maintenant.

Le journal se borne à noter : « bien installée », puis le lendemain « quel guedin ce mongol, gros deg. »

- Ah Tutur a fait son sketch, raille Martin
- Oui, faudra qu'on le voit celui-là

La mention qui vient ensuite résume le rendez vous, le premier. « Premier RDV, l'a gueulé, à failli m'en mettre une, que dalle »

- Le ton change pour la suite avec la relation du second rendez vous. « Deuxième RDV, énervé, puis réflexion à venir, n'a pas dit non, ni salope »
- Et c'est l'apothéose avec l'ultime notation « troisième RDV : silence, puis sourire, on a baisé comme des malades jusqu'à ce qu'il parte, va revenir pour suite. Vais dormir heureuse ! »
- Et après plus rien.
- Je m'énerve, je réfléchis, je suis d'accord donc je baise

et je reviens finir le travail. Il a de la suite dans les idées le gars et elle rien dans le crâne.

Le Major est tout énervé, bouillant de colère. Martin le regarde un moment, puis secouant la tête d'un air peu convaincu.

- Quelque chose ne va pas chef, cette fille rédige de manière aléatoire dans toutes les autres pages, mais là le style est plus formaliste, non ?

Tout à sa colère le chef a du mal à saisir ce dont son subordonné lui parle.

- Quoi le style ?
- Dans toutes les autres pages elle n'a aucun style, elle griffonne quelques mots qui se suffisent à eux même.
- Euh oui, bon et alors
- Pour relater les 3 rendez-vous elle est plus formaliste dans la présentation : premier RDV, deuxième RDV, troisième RDV. Pas de mention à « ? » comme avant. Pas de prénom maintenant qu'au troisième rendez-vous les choses se sont arrangées. Et pourquoi « ? » comme si elle ne savait pas qui ? Je ne sais pas mais ça m'interpelle, pas vous ?
- Mouais, alors, pour vous ça veut dire quoi ?
- Sais pas encore, mais ça m'interpelle énormément
- Bon, bon, continuez à y réfléchir, dans deux heures la scientifique nous attend sur place.

LUNDI 6 AOÛT 2012

Il règne une réelle tension autour du meurtre d'Agnès Levavasseur. A la brigade territoriale le Major Pelvoux traîne une sorte de mauvaise humeur, il se montre très renfermé, quelque chose le mine dont il ne veut pas parler. Philippe Martin paraît lui aussi très préoccupé, parfois distrait. Il s'est adjoint un autre gendarme pour monter le dossier, trier les éléments.

Certains, Niclaus en particulier, jugent que le chef en fait trop avec Martin. Ils soupçonnent leur collègue de ne pas être de « leur » bord. Celui des militaires, Il a trahi, il a quitté l'armée, on parle d'une bavure en mission, et est allé chez les civils, les pompiers. Puis il a quitté les pompiers, là aussi suite à une affaire bizarre, pour entrer chez « eux ». Le sénateur du coin d'où habitait la jeune vacancière venait de téléphoner à Niclaus en privé. C'est une sorte d'amicale des fils de militaires tués en fonction, à laquelle Niclaus adhère, qui a donné les coordonnées. L'élu s'est fait le porte parole de la famille, il voulu tout savoir des enquêteurs. Les renseignements donnés les ont mis en panique, Du coup ils ont alerté le Sénateur qui est intervenu en haut lieu pour que la brigade soit dessaisie. Tout ce remue-ménage est descendu jusqu'au général de la région qui a refusé, donc, par capillarité et conformisme hiérarchique c'est remonté à l'intérieur et à la défense où ça fait un barouf du diable. Il faut modérer les propos, dans ces instances on tue à fleurets mouchetés. Pour le moment la brigade garde le dossier en main. Mais chacun est conscient que le terrain n'est pas ferme, voire marécageux, voire même miné. Conscient que le ver est dans le fruit.

La scientifique a trouvé des traces de sperme sur le duvet sous le corps d'Agnès et sur l'ourlet de son short en prolongement de l'éclaboussement sur le duvet. Le labo sera chargé d'en faire l'analyse. Le lien a disparu et pourtant la tente et ses environs ont été fouillés. Pas de sperme dans le vagin, peut être que le meurtrier a utilisé un préservatif. Des dizaines de relevés, mais tant que les analyses ne seront pas faites, on ne peut rien dire.
Ça commence souvent comme ça, comme lorsque vous vous décidez à ranger le capharnaüm chez quelqu'un, tout est à jeter ou à conserver, tout doit avoir un but, un objet, et le tri s'avère extrêmement difficile. Quoi garder, où le mettre comment faire des catégories ? Et puis autour de la tente, dans le périmètre défini, et c'est souvent arbitraire cette définition, comment savoir si ce que l'on voit, ce que l'on collecte a réellement un lien avec le dossier ? D'ailleurs c'est quoi le dossier dans les premiers instants ? Que des protocoles impersonnels applicables partout en toutes circonstances. Et après on triera le capharnaüm.

*

Et si le « titi » de son enfance errante et chaotique allait faire le lien entre la fille, le lieu, et leur histoire à eux ?
Ce questionnement tourne en boucle dans sa tête. Il a fait très attention, mais on ne sait jamais.
Sans le savoir, sans le vouloir, sans s'en apercevoir, l'homme sème plein de petits cailloux le long de son chemin. Quelque part la vie se résume à un jeu d'arcades, on entre dans un monde inconnu et l'on doit sans cesse s'adapter et combattre des dangers, triompher de pièges tendus par d'autres humains pour arriver à la case death, but ultime. Pour lui la vie est un jeu, un patchwork de jeux.de réflexions, d'intuitions.
La vie d'un homme se constitue à partir des pièces de puzzle de la vie des autres. Lui il en sait quelque chose. Ouverture de la boite, première pièce, l'abandon. Avec ça allez joindre d'autres morceaux, allez reconstituer quelque chose, une trame, un drame ou même un faon violet sur fond de montagnes vertes et

bleutées.
Et puis la main du destin pioche dans une autre boite des pièces qui vont bien ou mal, les emboîtements fonctionnent au niveau de la forme et pas forcément à celui du dessin. Une famille d'accueil. Bonne pièce, femme douce, aimante, mari tranquille, gentil qui ne gronde jamais... on débute le dessin... puis non, quelque part une vieille connasse sort une feuille imprimée, écrit un nom et c'est reparti, on pioche une nouvelle pièce. S'emboîte pas vraiment, mais il ne faut pas que les familles d'accueil s'attachent. En fait d'attachement cette fois les liens étaient en corde et le ceinturon remplaçait la gentillesse de l'homme. Deux ans après, à dix ans il avait tendu un piège au bourreau qui revenait fin saoul sur son vélo branlant. La saloperie sur roue était tombée dans une mare glacée avec plus de trois grammes d'alcool dans le sang. Raide mort. Nouveau tirage de pièce pour avancer le puzzle, et ainsi de suite jusqu'à dix huit ans.

Il tourne en rond dans sa chambre. Il vient de finir sa troisième tasse de café, accompagné de cognac. Ses nerfs sont à vif. Pourtant il a dominé ses nerfs toute sa vie. Mais là ça à dérapé quelque part. Et puis cette salope elle a joué avec ses nerfs, ceux des autres aussi. Et puis qu'est ce que Paul vient foutre là-dedans ?
Il allume une cigarette : « bon dieu, j'avais arrêté de fumer, il y a fallu que je m'y remette... non, faut te ressaisir mon petit gars ».
Il décide d'un coup que Paul fait très bien dans le paysage. C'est un con prétentieux, une tarlouze qui se fait aussi des femelles. Mais ce con fait du fric, beaucoup de fric...Et il lui en fait gagner beaucoup depuis qu'il s'est acoquiné avec les Marocains.
« Réfléchit mon gars, tu as plusieurs choix, mais un seul te sauve la peau et peu faire de toi le calife à la place du calife. »
Il arrête de tourner et se pose sur une chaise... « De toute façon j'étais normalement pendant ce temps à 500 kilomètres... personne ne pourra prouver quoi que ce soit... sauf « Titi » s'il réfléchit à ce que les autres ne savent pas »

Cette pensée ne le rassure pas totalement...

*

Le gérant du camping relancé s'est engagé à fournir les enregistrements de vidéosurveillance dans la journée mais il attend le spécialiste qui s'occupe de son installation, le gars ne travaille pas le lundi matin.

Il y aurait bien Yaneck, mais lui c'est autre chose. Jean-Pol se méfie de lui. Le patron lui a dit de le prendre comme vigile. Alors que l'autre lui a éclaté le nez et fait un magnifique cocard à l'œil... D'ailleurs il y a quelque chose de pas net avec Yaneck... Pourquoi tout le monde s'intéresse tant aux vidéos ?

Jean-Pol est un pleutre qui entend dominer les autres, alors il s'attaque aux plus faibles, à ceux qui ont quelque chose d'important à perdre et qui donc ne se rebifferont pas.

Enfin presque. Cette salope, il avait bien fallu qu'elle parle à ce maudit Yaneck. Pourtant s'était simple, elle s'accroupissait devant lui tendu dans son fauteuil et elle lui faisait une petite gâterie. Non seulement elle avait refusé outrée mais encore elle avait alerté l'autre. L'avait qu'à rester à son poste lui, ranger les boites, faire le gardiennage, tout ça. Non il avait fallu qu'il vienne gueuler et exploser le nez de Jean-Pol. Et cet enculé de patron qui lui avait donné raison, qui avait écouté les deux ou trois pleurnicheuses qui lui avait fait des faveurs. C'est Lui, Jean-Pol, qui a failli se retrouver au Chomdu. Heureusement le boss il n'est pas con, il connaît son Jean Pol, alors il lui a confié la direction du camping. Un poste peinard, tranquillou où les occasions ne manquent pas. Mais la punition est venue avec, il lui a collé Yaneck comme gardien de nuit, la galère...

Et puis voila qu'une grognasse vient se faire tuer dans « son » camping. Et les autres cons de vaches qui fouillent partout, qui l'ont forcé à admettre des choses qu'il aurait fallu taire. Bon dieu, si le patron apprend ça, va falloir aller pointer à Pôle emploi. Heureusement qu'il n'est pas bête Jean-Pol, bien au contraire, l'est plus intelligent que le patron. Avec tout ce qu'il a resquillé,

mis de côté depuis des années, et ses petits trafics à côté, il va pour voir se la couler douce en percevant les indemnités.
Pas mort encore JP !
Tout en se rassérénant ainsi il tourne en rond, il n'arrive pas à se concentrer sur ce que les clients demandent, il fait répéter, se trompe dans un calcul, le refait. Une grosse belge, toujours moite de sueur, hoche de la tête.

- Ben M'sieur Jean-Pol on dirait que vous avez perdu vos tartines, là, que vous z'avez pas toutes vos frites dans le même sachet, hein, mais faut mordre un peu sur ta chique, dans cinq minutes c'est fini mon pov Jean-Pol.

L'interpellé reste un moment sidéré de cette tirade, puis il connecte ses deux fils et comprend illico. La grosse Gertrude vient au camping depuis Bruxelles, une fois. Ça fait quinze ans qu'elle pointe son combi à l'emplacement 1, réservé d'année en année. Elle vient souvent discuter avec Jean-Pol, elle n'a rien d'autre à foutre de la journée sauf à emmerder son mari, un maigrelet éteint et jaunâtre, ou son pékinois galeux.
Il rigole un coup, elle l'a déridé la Gertrude.

- Ouais, ah ben oui peut être, comme tu dis, j'ai plus toute ma tête à moi avec ça.

*

Le médecin légiste a prit possession du corps vers dix heures, l'autopsie ne peut avoir lieu que lundi après midi car le planning est archi plein avec un accident industriel ayant eu lieu à quelques kilomètres de là en occasionnant quatre morts violentes.
Pelvoux a demandé au procureur, cette nuit, que les choses ne traînent pas car il lui semble que la famille pourrait s'opposer à l'autopsie. Le Proc qui connaît un peu le milieu ultra catho a donné son accord. Il va profiter du redémarrage de l'administration ce lundi matin pour temporiser face aux demandes intempestives.
Et d'ailleurs dès neuf heures ce matin un certain Me Morris-

Lanfrenois, Conseil de la Famille Levavasseur et Bâtonnier a appelé le procureur qui était sur le terrain. Impossible de le joindre, il y a des zones blanches dans le coin.

Le Major s'est mis en rapport avec la brigade du village de résidence d'Agnès Levavasseur. Il a appris que la famille est très connue dans le coin. Famille de haute probité lui a dit le brigadier Lambert qu'il a eu au bout du fil.

- Pensez, la mère, pharmacienne de son état est la présidente du Conseil régional de l'Ordre des pharmaciens – le CROP-, la Présidente du Conseil d'administration de l'institution « La Fraternité » qui gère sur le département les écoles, collèges et lycées ultra-catho. Le père, pharmacien lui aussi, c'est autre chose, il est président de la Société Des Cors de Chasse St Hubert de son patelin tout en étant trésorier de la Société de vénerie de la Motte Pertuis-Joli. Copain comme cochon avec le Sénateur et le député, le Président du Conseil général. Attention ce ne sont pas des tendres, des traditionalistes qui ne plaisantent jamais. Je ne suis pas allé voir le dessous de leur couette mais ça doit dormir en pyjama de bure.

Le Major essaie de se représenter ce que cela doit être, mais l'image parle d'elle-même.
Dès hier, avec les interventions diverses et celles auprès de Niclaus, il savait qu'il mettait les pieds dans la fourmilière du crucifix.
Son collègue continue très versé sur le sujet.

- Les tradis comme ceux là j'en connais quelques uns, ce n'est pas toujours blanc-bleu, dans mes dossiers j'ai quelques plaintes pour des histoires ancillaires pas tristes et bien sordides. Ils ont eu trois filles, la morte est la dernière. La première, maintenant la trentaine, a foutu le camp à dix huit ans avec un VRP ripoux qui a failli la mettre au turbin, maintenant elle est mariée avec un révérend, un pasteur évangélique, ce qui l'a fait renier publiquement à la messe par sa mère qui dirige aussi les chœurs. La seconde, maintenant vingt six ans, a fait comme la première dès la majorité obtenue elle est allée s'enfermer dans un ashram en Provence où elle se trouve toujours à l'heure actuelle pour fabriquer des tongs ou des trucs de niakoué comme ça.

Il semble que le Brigadier peut parler à l'infini sans reprendre son souffle.

- Rebelote lors d'une messe, chants de désespérance et compagnie, j'assistais, à se tenir les côtes devant leurs simagrées. Il y a une bonne partie de la paroisse qui n'en peut plus de ces cathos tradis, mais bon, ils ont l'oreille du maire, du Président de la Comcom, alors pensez donc. La troisième c'est une autre affaire, gamine semble-t-il soumise, sans histoire, instit à l'école Saint Blandine. Une oie blanche... sauf que je l'avais à l'œil parce que des bruits m'étaient parvenus. Il semble qu'elle faisait le mur certaines nuits et qu'elle aurait quelques galants, pas toujours recommandables. J'ai eu une information venant de la ville, elle n'allait pas se servir chez ses vieux, qu'à la pharmacie centrale, sa copine Chantal, une instit du public, une délurée comme pas deux, plus ou moins anar, est allée acheter des tests de grossesse. Or elle a accouché il y a moins d'un trimestre. Donc ça doit être pour la fille Levavasseur. Bref ça allait être un beau scandale. Bien sûr maintenant qu'elle a été tuée, elle va devenir une sainte, va y avoir une marche blanche, des messes et compagnie.
- A propos, ces fameux galants vous en avez une liste ?
- Elle sera vite établie, si ça peut aider, de toute façon c'est un élément d'enquête. Je vais vous confectionner ça. J'ai un gendarme très futé, toujours à l'affût de ce qui se passe dans le patelin, je lui demanderai un rapport sur les faits et gestes de ces gens, depuis quand ?
- Les 5 derniers jours.
- Bon, va falloir maintenant que j'aille voir les parents, je

vais aller à la salle des fêtes, le père est avec sa fanfare de cors pour le repas des chasseurs.

S'en est suivit une demi heure de discussion plus technique sur les points à aborder, les liaisons à faire avec le procureur, etc.

*

A l'auberge du Cygne d'or, en plein cœur d'un petit hameau sur la rive est du lac au bord duquel est établi le camping, un homme lit la presse avec fièvre. Inscrit sous le nom de Paul Martineau il s'intéresse à tout ce qui concerne l'affaire du meurtre mystérieux de la jeune campeuse, comme la nomme bien des articles.

Il cherche au travers des lignes, des passages télévision, de la radio tout ce qui a trait aux relations de la jeune fille.

En effet l'homme n'est pas serein surtout depuis que la mention des caméras de vidéosurveillance est venue au jour.

Petit, portant avec allégresse un certain embonpoint, le cheveu un peu rare et le sourire doux Paul Martineau exerce, ce qui pour beaucoup n'est qu'un hobby et pas une profession, la chasse au trésor. A son actif des découvertes intéressantes, d'autres moindres, certaines secrètes, qui lui permettent, jusque là, de vivre sans travailler ailleurs.

Son dernier chantier se situe dans un hameau dépendant du village où vivait Agnès Levavasseur. Cette dernière, il la connaît bien, ils sont sortis ensemble quelques fois et avec son tempérament elle a su rendre leurs sorties torrides. Paul savait qu'Agnès avait d'autres petits copains. Il s'en moquait complètement. Lui et les femmes ça a toujours été compliqué, il n'a jamais été un Don Juan et surtout il ne prend rien au sérieux, elles n'aiment pas forcément ça. Agnès ça ne lui posait pas de problème. Elle lui disait toujours « je ne cherche pas midi à quatorze heures, je prends ce que je peux prendre, viendra bien assez vite le temps où faudra demander et être sérieuse. »

Le mail l'avait surpris il y a plus d'une semaine. Une invitation, en quelque sorte une convocation, avec lieu, date et heure. Il y avait une nouvelle qui engagerait sans doute sa vie ensuite, alors

elle entendait bien qu'il ne lui fasse pas faux bond.
Un chasseur de trésor est à l'affût de tous les indices, alors, Paul n'avait pas hésité. Sur le net il avait trouvé le lieu, le fameux camping et vu qu'une auberge existait pas loin de là.
A l'heure dite il s'était présenté devant la tente de l'emplacement 5. Un petit lopin de terre entouré de petites haies hautes d'un mètre et situé au bout d'une allée près de la clôture du fond du camping. Les emplacements étaient listés à chaque entrée des circulations partant d'une placette en étoile.
Le camping comporte une dizaine de placettes servant de centre à des rosaces se déployant en un vaste espace circulaire à la périphérie duquel se trouve l'accueil, le restaurant, les salles d'activités, des sanitaires et autres.
Paul n'avait pas eu à demander son chemin car Agnès avait joint un plan à son mail. Une visite en quelque sorte secrète.
Ce qu'elle lui avait révélé l'avait abasourdi. Incapable de dire ce qui lui traversait alors l'esprit il n'avait pas émis de doute, pas parlé des autres amis d'Agnès. Il s'était senti piégé, un rien en colère, mais impossible de se défendre, alors il avait temporisé, tergiversé et s'en était tiré honteux et bafouillant en promettant de réfléchir et de venir donner sa réponse.
Les deux jours qui ont suivi l'ont vu errer dans la nature en réfléchissant ardemment, fiévreusement, en s'adressant des reproches terribles. Ce dimanche matin il avait enfin pris une décision. Il ne dirait pas non mais demanderait un test de paternité. Puis l'adjoint au maire est venu prendre son verre de blanc matinal à l'auberge et a raconté le meurtre, la police, etc. Paul avait même eu l'impression glaçante que l'édile le regardait en parlant de ça.
Depuis il vit sur les charbons ardents et reste vissé au sol du hameau alors que sa tête lui crie de fuir.
Dans la presse, à la radio, la télévision et dans les conversations au comptoir rien sur lui, sur un visiteur. Certains parlent fort d'un homme qu'elle aurait attendu, c'est le gérant du camping qui a fait fuiter l'information. Les théories les plus folles et extravagantes circulent. Mais tous s'accordent sur un « coquin »

éconduit ou sur un amoureux qu'elle aurait voulu piéger. Paul écoute en essayant de dissimuler sa curiosité derrière les pages des journaux, mais dans son fort intérieur il ressent une profonde panique. Certaines hypothèses sont si proches de la réalité qu'il a vécue. Et il se rend compte aussi qu'il n'est peut être pas le seul dans son cas. Si elle avait fait ça avec plusieurs ? Que l'un ou l'autre soupçonne qu'il existe, le recherche, veuille le faire payer.
Il doit se calmer car il se rend compte qu'il tremble comme une feuille et que cela commence à faire un bruit pénible de papier froissé.

*

Philippe Martin classe tous les documents qu'il reçoit dans un grand classeur à sangle intitulé simplement « Agnès Levavasseur ».

A côte de lui un autre gendarme lui passe chaque document qu'il scanne pour classer dans le dossier informatique au même nom. De temps à autre Philippe Martin demande à son collègue de tirer une photocopie d'une pièce ou d'une photo.

Le Major Pelvoux passant par là il y a une demi-heure a dit « les gars pas trop de photocopies, ménagez le stock de papier nous n'aurons pas de dotation supplémentaire. »

- Pas de panique chef, mon cousin à la Comcom m'a refilé une dizaine de ramettes et deux recharges de toner, on est bon, lui a rétorqué l'autre gendarme, une jeune hilare.

Pelvoux est parti en secouant la tête d'un air désolé. Jamais il ne se fera à un gendarme comme celui-là. Il ne correspond pas du tout à l'image qu'il se fait du gendarme de tradition.
Il convient de dire que le fameux pandore n'a rien du gendarme traditionnel. Il a horreur de verbaliser, d'engueuler les ivrognes, de hausser la voix, de faire preuve d'autorité. Sbigniew Marek a trois passions, l'informatique, la mécanique et le bricolage. Appelé depuis son enfance Biniou, il répond à de multiples

surnoms que ses talents lui valent : Mac Gyver, Professeur tournesol, Biniou gadget, etc.
Pelvoux l'a trouvé en prenant la brigade territoriale en main après avoir accédé au grade de Major. Un bon moment il a essayé de remettre le jeune dans le droit chemin. Il a vite renoncé en se rendant compte que sa BT disposait de véhicules à l'agonie et que seul le génie de Biniou permettait de les faire rouler, avec de l'essence chinée à droite et à gauche, car les dotations ne permettaient de faire rouler qu'une voiture sur deux.
De plus, un matin, le Général de division commandant la région de gendarmerie était venu inopinément visiter la Brigade. Et là Pelvoux s'était aperçu que le fameux Biniou était en fait le fils du Général de division Frantiszek Marek, son grand patron.
Donc depuis, en essayant de cadrer les activités de son subordonné, il le laisse faire, et la brigade s'en porte bien.

- Paraît vachement préoccupé le chef, souffle Biniou à Philippe, c'était si moche ?

Philippe Martin grogne en guise de réponse, cela intrigue Biniou.

- Dis donc toi aussi tu ne parais pas très à ce que tu fais !

Martin sursaute, il regarde son collègue comme s'il le voyait pour la première fois.

- Hein ? Quoi ? Ah… euh oui, pour répondre à ta question, pas beau du tout, tu as déjà vu un cadavre ?

L'autre frissonne.

- Jamais, et je ne tiens pas à en voir, je sais j'en verrai sûrement, vu le boulot, mais brrr rien que d'y penser ça me fait froid dans le dos.
- Pour le chef, il y a autre chose, je ne sais pas, mais ça semble lui rappeler une ancienne affaire pas joyeuse.
- Ah, ouais, au fait on aura les vidéos quand ?
- Cet après midi sans doute ou demain matin
- Pourquoi ?
- Parce que le gérant et le personnel du camping n'ont pas la main sur le système et qu'il faut que le type qui gère tout ça vienne. C'est un gars qui gère une boite d'informatique à la ville.

- Moi je pourrais faire le boulot
- Sauf que le proc veut que ce soit le mec pour garantir la validité des preuves
- Ouais, ouais… au fait le mongol du camping ?
- Ben quoi, on dit un handicapé, pas un mongol, c'est un terme méprisant qui sied peu à la gendarmerie
- On dirait mon père, peu importe le terme, on en est où avec lui ?
- Le proc ne veut pas qu'on l'ennuie pour l'instant, il attend d'en savoir plus, le gonze est rentré dans son institut ce matin.

*

Tout en étalant consciencieusement de la confiture de groseilles sur ses tartines grillées, où il a déjà allongé une mini plaquette de beurre, Romain Plassard lit le journal trouvé à l'accueil de l'hôtel. Grand, mince, blond, plutôt réservé mais avec un air rébarbatif, l'homme est arrivé à l'Ibis de la ville depuis une semaine. L'hôtesse d'accueil l'a catalogué « pas aimable », Germaine chargé du restaurant et du petit déjeuné a peur de lui, « il a un regard à faire cailler une berthe de lait » a-t-elle dit à ses collègue.
En lisant le journal Romain ressasse une idée toute simple « la salope, elle a essayé de me piéger, j'ai toujours su qu'elle n'était pas nette, maintenant faut jouer serré, je ne suis peut être pas le seul dans le coup, elle avait le feu au cul, ils disent qu'elle attendait un amant trois soirs de suite, il doit y avoir deux autres pigeons, calme et sérénité comme dirait l'araignée au centre de sa toile, ça frémira bien d'un bout ou d'un autre ».

*

La famille Levavasseur à réagi comme le Brigadier l'avait prévu : gros scandale, Agnès, cette sainte, trompée ignominieusement par un individu sans scrupule ni charité chrétienne a abusé de sa crédulité, voire l'a violée –c'est dit en filigrane- et elle a, avec courage, cherché à lui faire rendre gorge et il l'a tuée.

Une marche blanche est prévue. La presse a interviewé l'évêque du coin, le curé intégriste de la paroisse, la mère éplorée, des collègues instits, etc. Même le cardinal aurait reçu les parents.
La presse assiège la brigade de gendarmerie, stationne devant son immeuble, étend ses antennes paraboliques, aligne ses voitures et cars régie.
Cela ne calme en rien le Major Pelvoux à qui le procureur a donné des ordres stricts « seul le procureur s'exprime sur l'affaire, tenez vos hommes ».

Le brigadier Lambert a rappelé.

- Au village ça bourdonne à mort, la presse est là aussi, le maire, le député sont déjà venus présenter leurs condoléances et donner en public leur sentiment et les instructions à la gendarmerie, à la justice, bref comme dit Lambert « le grand cirque ». « Mon chef écoute d'une oreille et n'en penses pas moins de l'autre. »
- Le recueil de témoignages ?
- Votre proc à appelé le notre, une commission est partie, je ne l'ai pas encore, mais j'ai déjà auditionné la copine, la fameuse Chantal, un phénomène avec pas un pouce de peau non tatoué, le genre de fille qui n'a ni froid aux yeux ni la langue dans sa poche. Pour elle Agnès Levavasseur ne lui a rien dit concernant l'identité du mec car en fait elle n'était pas vraiment certaine. Au vu des dates il pouvait y avoir plusieurs prétendants. Elle n'a cité aucun nom, la fameuse Chantal pense à 3 en particuliers qu'elle a entraperçus car sa copine faisait très gaffe à cause de la vieille, la vieille c'est Mme Levavasseur mère. La fameuse Chantal a promis de réfléchir à fond pour essayer de trouver plus de choses. Un phénomène j'vous dis. Les collègues d'école d'Agnès disent ne rien savoir de sa vie intime, pour elles jamais elles auraient pu penser qu'Agnès avait un amant, alors plusieurs… Mon proc m'a dit « Lambert » vous marchez sur des œufs avec ses gens là, laissez la m… à vos collègues de là-bas. Mais si votre

proc émet des commissions, ou le juge d'instruction, je ferai mon boulot sans m'occuper de « ces gens là ».

- Merci, tout ce que vous pourrez trouver m'aidera sans aucun doute.

Le Major raccroche, il soupire un grand coup, l'air abattu.

- Bon dieu ça n'en finira jamais ?

Il regarde sa montre, seize heures, pas encore les vidéos. Du coup il s'énerve et appelle le camping. Il a le gérant au bout du fil.

- Dites donc Vaudier j'attends toujours les vidéos.

Au bout du fil le dit Vaudier est catastrophé.

- Je sais, je sais, voyez comment sont les jeunes, le gars du magasin qui s'occupe du système n'est pas venu, alors j'ai téléphoné. Il m'a répondu qu'il avait des urgences avec un lycée, alors que mes vidéos pouvaient attendre. Je lui ai dis que c'est le procureur qui avait donné l'ordre. Voyez, il m'a rit au nez en me disant comme ça « ce n'est pas votre procureur qui va me payer mes factures à la fin du mois. Votre truc je verrai demain, salut ». Voyez comment son les artisans maintenant.

Après avoir salué le gérant qui n'en peut mais, Pelvoux assène un coup de poing sur son bureau. Il relit le document délivré par le procureur, s'y trouvent le nom, l'adresse et le numéro 06 du téléphone de l'informaticien.

La discussion est brève, tendue, Pelvoux hausse le ton et menace d'envoyer deux gendarmes réquisitionner l'homme. Complètement abasourdi le dénommé Virlogeux Stéphane proteste mais se rend vite à l'évidence qu'avec la gendarmerie il vaut mieux faire profil bas, surtout que le type au bout de fil paraît totalement hystérique. Il promet de passer au camping dès qu'il aura fini de « rebooter » le système du lycée professionnel.

Pelvoux un peu calmé raccroche et sort faire un tour dans la cour de la brigade. Dans les bureaux voisins personne ne bronche et tout le monde sent que ce n'est pas trop le moment d'intervenir pour quoi que ce soit. Chacun sent que quelque chose tourmente le chef, il affiche une certaine sérénité d'habitude, tout en cachant un caractère assez taciturne. Mais personne ne l'a encore, à la brigade, vu dans cet état. Biniou a dit « l'es tourmenté l'chef ». Les collègues ont opiné du képi, mais personne ne s'est avisé de l'interpeler sur le sujet.

Philippe Martin sent que le déclencheur se situe dans la scène de crime, à partir de la remarque du médecin… qu'est-ce qu'il a dit ? « Dis donc, la corde passait dans un anneau, regardes il a laissé une trace sur la peau du cou ». Et Pelvoux a eu une sorte de haut le cœur, un recul et son visage a changé du tout au tout. Martin ne le regardait pas, mais quand le médecin a demandé au chef ce qu'il avait, alors là il a vu la transformation. Difficile à déchiffrer. Qu'est-ce qu'il a répondu ? Ah oui, quelque chose comme « Rien, non rien, un vieux souvenir. » D'ailleurs il a ajouté ensuite « Donc, tu dis qu'elle a été attachée les mains dans le dos ? ». Une constatation, le besoin de faire répéter ou la volonté de confronter la scène de crime à ce « vieux souvenir » ? Martin sent que depuis cet instant l'esprit du chef tourne autour de ça… mais « ça » quoi ?

*

Stéphane Virlogeux a du mal à faire comprendre au Proviseur du lycée que la gendarmerie le réquisitionne pour aller chercher les vidéos du camping. Aymé Le beau du Revest à une très haute opinion de lui et de sa fonction. Pour lui les gendarmes sont des sortes de gardes champêtres qui sont destinés à poursuivre les braconniers et les sauvageons. Rien qui puisse de près ou de loin rivaliser avec sa dignité de Proviseur, sorte de général dirigeant un lycée à l'équivalence des écoles militaires.
Aymé Le beau du Revest, dernier rejeton d'une illustre famille de petits commis de l'état, cultive comme tous les aînés de la famille, se succédant depuis le second empire, une fatuité granitique et une incompétence couverte par un autoritarisme inoxydable.

Ce n'est qu'en prétextant un ordre du procureur que Stéphane Virlogeux se sort de la délicate situation où il se trouvait. La justice, les procureurs, des fâcheux, souvent rouges, voire anarchistes. Pour Aymé Le beau du Revest ces gens sont une sorte de mal nécessaire pour le bien vivre en société, comme les commodités et l'assainissement.

Lorsqu'il le voit arriver Vaudier soupire. Le pauvre gérant s'est déjà rongé les ongles d'une main et s'apprête à attaquer ceux de l'autre. S'épongeant un front ruisselant il suit comme un toutou l'informaticien qui entre dans la salle des vidéos. En moins de dix seconde deux câbles sont débranchés, la prise de courant retirée et le fil entouré autour d'une petite colonne contenant les disques de 2 Téra chacun et Stéphane parti.
Moins de dix minutes après il arrive à la brigade territoriale où il dépose l'équipement demandé en réclamant un reçu pour le fameux proviseur et surtout le propriétaire du camping. A la question « je peux envoyer une note ? » correspond immédiatement une réponse franche et sans équivoque « tu veux rire, non ? »

*

Biniou se met immédiatement en branle. Malheureusement le matériel de la gendarmerie et celui du camping ne sont pas compatible, alors Biniou sonne le branle bas de combat. Premièrement il fonce à son appartement et revient avec un ordinateur portable compatible. Il possède plein de matériel de toutes sortes. Comme il le dit souvent « pas de femme mais du matériel en pagaille pour toutes les circonstances »
Il charge Velu, le gendarme auxiliaire volontaire Barbier, de réquisitionner la télé 65 pouces de la salle de repos avec son câble HDMI. En moins d'un quart d'heure le bureau de Biniou ressemble à un centre de visionnage.
Sur l'écran apparaît une image divisée en six.

- Heureusement que l'on a pris le grand écran, sinon voilou ; triomphe Biniou.

Le Brigadier tempête dans un coin « c'est qui le con qui a pris la télé, et notre match ? »
Philippe Martin qui se trouve avec Biniou et Velu se lève pour fermer la porte. Il décroche le téléphone.

- Chef, j'ai réquisitionné le grand téléviseur de la salle de garde, j'en ai besoin pour visionner les vidéo, ça risque de gueuler
- Nous les avons enfin ces foutues vidéo, si ça gueule tant pis, mais faudrait que Velu réinstalle l'ancien écran, plus petit, ce soir il y a match...

Velu part donc exécuter cette mission indispensable.
Regarder six images n'est pas simple, trop de choses attirent l'œil.

- Quel emplacement regarde-t-on ?
- Le sixième en bas à droite, c'est celui qui vise l'emplacement cinq. En même temps il a la grandeur d'un écran de PC sinon plus, alors

Biniou est toujours optimiste, il ne voit jamais que ce qui va bien. Les deux hommes se concentrent sur la partie d'écran désignée. En bas un time code défile. Biniou s'inquiète de la date de début.

- Va à six jours plus loin..

Les images s'emballent et le temps devient illisible, puis sur commande l'image se fige.

- Ah encore trois heures et nous seront à zéro heure le jour voulu.

Apparaît une partie du camping. L'image est grise et floconneuse. Quelque chose, indéfini, navigue sur une partie de l'imagé.

- Tu ne peux pas améliorer l'image ?
- Que nenni chef, c'est brut de filmage, la qualité de la liaison doit être mauvaise, le plexiglas devant l'objectif sale comme un derrière de poule.
- Et cette chose qui passe et repasse, on dirait une méduse
- Une branche, je suis sûr. Tu vois tout ce qui est trop près de l'objectif apparaît très flouté, car la focale est ouverte

pour une vision à 360 degrés.

- Oui, mais regarde ça rend difficile parfois de voir les détails dans le plus loin, comme justement l'emplacement cinq.

Effectivement l'emplacement cinq se situe à l'extrême limite de vision de la caméra. En fait, il s'agit de la position terminale de l'allée aboutissant à la clôture entourant le camping. A l'image une tente canadienne occupe le centre de l'écran. Une jeune femme seins nus en short en sort suivie d'un caniche noir semble-t-il.

Martin prévient tout de suite une réflexion égrillarde qui s'apprête à jaillir de la bouche de son collègue.

- Avance

Le temps s'emballe de nouveau jusqu'à ce qu'une petite voiture apparaisse et stoppe devant l'emplacement.

Martin pousse un juron

- Bon dieu, une voiture, mais bien sûr elle n'est pas venue à pied, une voiture, Mets sur stop et essaie de voir la plaque.

Martin s'empare du téléphone et appelle la scientifique qui continue à œuvrer dans le camping.

- Vous avez trouvé des clés de voiture dans les affaires ?
- Pas de clé du tout, d'ailleurs je me suis fait aussi la réflexion.

Martin ne lui donne pas le temps de continuer, il appelle déjà le gérant du camping.

- Mlle Levavasseur est venue en voiture ?
- Euh, ben oui, attendez… voyez comment ça va, elle a une voiture, mais elle la laissée dans le parking de l'entrée.
- Et ses clés ?
- Ses clés, quoi ses clés ?
- La scientifique n'a trouvé aucune clé nulle part, les gens ont toujours des clés avec eux
- Des clés avec eux ? Ah oui, voyez comment ça va, bien sûr, j'aurais du y penser, mais voyez, on parle d'une

chose et d'une autre et ça échappe. Avant nous avions un coffre, mais ça coûtait trop cher en entretien et en assurance, alors le proprio a fait installer des casiers. Il y a des campeurs qui trouvent ça bien, plutôt que de laisser des affaires qui craignent sous leur tente ou dans leur caravane. En même temps nous disposons d'un casier pour quatre emplacement et tous ne sont pas pleins, mais je vous assure c'est quand même une bonne sécurité. Ce qu'il faut dire aussi c'est que les titulaires des casiers doivent laisser leur clé au bureau, c'est plus sûr et il y a moins de risque de perte, parce que le proprio n'aime pas les dépenses inutiles.

Martin à l'impression de manque d'air tellement Vaudier débite ses boniments avec une rapidité excluant toute pause et toute respiration.

- Et ?
- Et ?
- Mlle Levavasseur a-t-elle pris un casier ?
- Mlle Levavasseur a-t-elle pris un casier ? Ah, oui, bien sûr, voyez comme je vous disais on parle d'une chose et d'une autre et ça échappe. Ce que je voulais vous dire c'est ça. Mlle Levavasseur, cette pauvre fille, a pris un casier. Je n'y ai pas pensé, mais maintenant cela me revient. Si votre procureur voulait bien me faire un papier comme pour les vidéos cela m'aiderait vis-à-vis du proprio qui a déjà téléphoné deux fois. C'est tout juste s'il ne me reproche pas le sort de cette pauvre fille, vous vous rendez compte.
- Oui, oui, bien sûr, amenez le contenu du casier et je vous délivrerai un reçu, le « papier » du procureur vous parviendra demain, mais j'ai besoin tout de suite du contenu du casier. Non en fait vous allez remettre le contenu aux gars de la scientifique qui vous délivreront un scellé. Je les appelle tout de suite.

Laissant Vaudier à ses difficultés avec son employeur Martin interroge Biniou

- L'immatriculation ?

L'ayant notée, Martin rappelle la scientifique et leur indique le véhicule concerné, et leur demande d'aller chercher le contenu du casier loué par la morte.

Les images défilent de nouveau et les deux gendarmes peuvent assister à l'installation de la tente. Mais le champ de vision ne s'étend pas jusqu'à la partie entre l'équipement et la clôture. On ne voit pas l'ouverture de la tente qui bizarrement est orientée vers la clôture. Juste on distingue un peu d'herbe au pied de la toile, et encore parfois quelques brumes passent devant l'objectif et on ne voit plus rien.

*

Philippe Martin n'arrive pas à dormir. Ça fait une heure qu'il se tourne et retourne dans son lit en même temps qui tourne et retourne dans sa tête un dilemme inavouable.

Philippe ne peut se prévaloir d'une grande expérience avec les femmes. Il n'a jamais vécu de grandes histoires d'amour. Ou presque, enfin pas vraiment.

D'abord il y a eu sa mère, enfin sa mère adoptive. Il l'a adulée, vraiment, sans aucune sorte de réticence. Puis il y a eu la fêlure… elle n'était pas sa mère biologique mais elle lui avait donné tout son amour, plus encore sans doute que si elle l'avait fait elle-même, plus, mille fois plus que celle qui a la naissance, semble-t-il l'avait abandonné, lui un être sans défense.

Il en avait conçu un amour plus raisonné, plus admiratif et plus vrai vis-à-vis de celle qui lui avait donné tant d'amour et tant d'elle.

Mais cela avait glissé une once de méfiance vis-à-vis de la femme, vis-à-vis de ce qui est féminin. Toutes ses « copines », ses conquêtes – si elles en étaient vraiment- portaient quelque part le sceau infamant de la tromperie originelle. Cela causait en lui une incapacité à se livrer totalement en présence d'une femme et surtout de tisser des liens de confiance.

Si, il y avait bien eu une fille rencontrée rapidement lors d'une perm' après un épisode sans doute de palud, mais bon rien de très transcendant, la preuve il lui avait écris trois quatre fois par l'intermédiaire d'un copain et elle n'avait pas donné suite.

Lorsque le Major lui a annoncé ce dimanche matin qu'ils partaient en urgence au camping car un meurtre semblait avoir été commis à l'emplacement 5, ses jambes avaient perdu de leur force, son ventre semblait s'être vidé. Au prix d'une énorme emprise sur lui-même Martin n'avait rien montré et son trouble pouvait ensuite passer pour de l'émotion ressentie sur la scène de crime.
Mais là, seul dans la nuit de sa chambre, le dilemme apparaît insurmontable.
J'ai commis une faute gravissime, j'aurais dû tout de suite expliquer... mais comment est-ce possible ? je suis la dernière personne à l'avoir vue... enfin avant le meurtrier... dans quel merdier me suis-je fourré et qui a pu la tuer ? Pourquoi ?
Il éprouve également beaucoup de peine pour Agnès, mais dans le même temps quelque chose de trouble dans sa démarche lui apparaît de plus en plus. Est-ce cela la cause de sa mort ? Enfin l'enquête leur en apprendra encore plus.

Qui ? Quel ignoble salaud ? Pourquoi tuer de cette façon ignoble, quel sadisme a conduit quelqu'un à faire une chose aussi atroce ? Comment peut-on imaginer une façon aussi inhumaine ? Martin ne s'illusionne pas sur le sujet, il a vécu des scènes aussi horribles et bien plus sanguinolente en Afrique.
Il s'interroge sur lui-même, sur ses capacités à surmonter le danger, à traquer le meurtrier...
Mais quelle horrible chose... et dire que ses derniers instants avec Agnès avaient été ceux du plaisir doux, sensuel... faire l'amour avec elle revêtait à chaque fois l'apparence de ces rêves érotiques tendres, doux, câlins et pourtant très puissants, avec des moments où le corps tétanisé exultait après une longue et lente montée du plaisir.
Martin se lève, frissonne malgré la chaleur de l'appartement,

il va boire un verre d'eau, il n'a pas allumé mais cela ne le gène pas pour se déplacer et faire des gestes élémentaires. Son esprit survolté n'enregistre rien de ses actions qui s'effectuent en pilotage automatique.

Comment me sortir de cette chausse-trappe ? Suis-je visé à travers cette mort ? Par qui, Pourquoi ? Non je deviens parano.

Il n'y a pas trente six moyens, enquêter, trouver le coupable, le livrer à la justice. Chaque atome de Martin doit être consacré à la recherche du meurtrier.

Du coup pas besoin de dormir, une bonne douche glacée et hop au bureau.

De toute manière il ne pourrait pas ôter de ses pensées ce corps ayant terriblement souffert… les souffrances de cet être si doux, si voluptueux… Mais quelle HORREUR !, faillit-il hurler soudain. Quelles angoisses, quelle agonie avait elle traversé. Il ne parvient même pas à fixer ses idées là-dessus car aussitôt il éprouve le besoin de vomir. Une pensée nait doucereusement et dangereusement en lui : « ais-je conduit ou incité le meurtrier à s'en prendre à elle ?

*

Paul Martineau, encore très étonné du coup de fil qu'il vient de recevoir, réfléchit dans sa voiture. Romain l'a appelé. Cela fait un moment que Romain ne l'a pas appelé.

C'est vrai qu'ils ont été très intimes pendant un moment. Romain avait été l'assistant de Louis Auguste Parmentien, il y a plus de dix ans, ils avaient cherché le trésor caché du Château de La Motte Pertuis-joli. Depuis quelques temps Paul Martineau s'est mis en tête de recommencer les recherches, aidé cette fois par un certain Prunier. Bien sûr Romain Plassard et lui sont associés, mais Romain ne se mêle pas de la marche de l'entreprise, il a apporté beaucoup de fric, beaucoup et des contacts intéressants. Mais là, voila que soudain il l'appelle pour lui fixer rendez vous.

Et pas pour n'importe quoi, pour lui donner des informations

qu'il vient de retrouver en relisant les archives de Parmentien.
Or il y a plus de dix ans le dit Parmentien a disparu sans que l'on puisse retrouver sa trace. Romain a toujours juré qu'il ne savait rien.
Paul sait qu'il ne peut pas totalement faire confiance à Romain, il peut toujours y avoir une entourloupe derrière chacun de ses gestes ou actes.
En même temps, des informations sur le trésor du château de La Motte Pertuis-joli, cela peut être extrêmement important.
Et puis il y a la mort d'Agnès, si Romain se fait pressent, s'il comprend l'importance de sa présence à lui Paul Martineau, dans cette affaire... Il vaut mieux aller voir ce qu'il veut... en prenant des précautions.
Paul Martineau tâte dans sa poche droite de veste la bombe lacrymo dont il s'est muni.
Bon, il est temps de partir, le trajet d'après Mappy doit se faire en trois quart d'heure, il juste le temps.

« Paul Martineau, alors comment dire ? Vous faites bien la différence entre une tortue et un lièvre ? Oubliez tout de suite : Paul Martineau c'est plus entre l'escargot et la marche arrière » Germain Roland-Pluvier, le prof de physique du collège avait fait un triomphe en distribuant les devoirs de la classe. Depuis tant d'années cette sortie, limite insultante, restait dans la tête de Paul mais aussi de ceux qui le connaissaient à l'époque. Son surnom reste « marche arrière » et parfois « escargot ».
Le Professeur de l'époque avait eu tort, il voulait faire un bon mot, briller devant la classe, un effet facile, mais il avait raté l'essentiel... Paul Martineau allait à sa vitesse propre parce qu'il souffrait de quelque chose dont on ne parlait pas dans la société et pas non plus dans le milieu enseignant. Paul Martineau souffre encore d'une forme d'autisme qui le rend parfois inapte à une synchronisation avec la vie réelle et surtout le rythme des autres.
« Arrêtes de te cacher la tête » hurlait sa mère, « mais non de dieu, pourquoi il a fallu que j'accouche de ces cons » hurlait elle

en parlant de ses deux fils qui avaient des problèmes cognitifs. Jean, l'aîné, avait mis un terme au désespoir existentiel de sa mère en lui offrant un désespoir maternel, il s'était défenestré à vingt ans. Elle avait pu ainsi broder un magnifique roman familial avec sa cohorte de souffrances et de coups du destin. Du coup Paul avait compris que jamais il n'aurait d'existence réelle dans le quotidien réel de sa mère. Il valait mieux se plonger dans l'univers de Verne, Stephenson, Defoe et épouser les aventures et les frusques de Harbert Jones, Jim Hawkins, Robinson Crusoé.

Malgré ce départ régressif, Paul a réussi à faire son trou, à vivre ce qu'il aime et se faire un max de fric…

Là aussi, dans sa vie intime il s'évadait plus qu'il ne coopérait. Agnès, oui, une belle fille, pas au premier abord, mais dans le lit, ce qu'il avait rêvé. Sauf qu'il ne suffisait pas visiblement à la tâche. Pour lui il y avait du sentiment dans l'acte, pour elle de l'acte pur.

Et puis ce butor de Romain l'avait possédée, alors là… Romain il l'aimait vraiment, le gars qu'il rêvait d'être depuis qu'il avait lu un des Blek le rock ou un des Zembla, les BD oubliées de son grand père trouvées dans une caisse au grenier. Romain c'était mieux que Tarzan ou Davy Crockett. Il n'en n'avait pas été amoureux, peut être si, mais bon le professeur Louis Auguste Parmentien, architecte des monuments historiques lui avait expliqué que non et que l'amitié possédait les mêmes racines que l'amour, mais ne pouvait s'y substituer… sauf en ce qui le concernait bien entendu…

Mais avec cette affaire des marocains, Paul craint de plus en plus Romain… et puis, il n'aurait pas du lui parler d'Agnès… Il l'avait séduite aussi et maintenant Paul ne savait plus comment faire. Bien entendu il voulait le plaisir avec cette femme qui savait si bien y faire, même s'il avait conscience d'être à la ramasse avec elle. Mais dans le même temps il savait qu'il ne pourrait surpasser Blek ou Zembla… le désespoir du vide comme quand sa mère l'engueulait…

*

Un rêve récurrent, celui qui torture aussi Philippe Martin. Il n'arrive pas à en comprendre la signification profondes, le pourquoi de cette récurrence dans ses instants de doute, de trouble, de face à face avec lui-même. Pourtant, comme un boomerang il lui revient dessus à chaque fois.

Titi se promène avec sa mère au parc. Il est tout en baguette chinoise et grands yeux. Son père dit de lui, « il va se casser s'il tombe, on dirait qu'il est monté sur deux allumettes ». Rien de tel pour vexer Titi, même s'il prend sur lui de rire avec son père qui le juche sur ses épaules « on va lui éviter ça, je vais le porter comme de la porcelaine ». Et sa mère rit comme une bossue en regardant son fiston qui saute sur les épaules de son mari.
Doucement Titi tu vas épuiser ton papa en sautant comme ça.
Titi, il s'en fout, il ne sait pas ce que veut dire épuiser, il est heureux là haut parce que son père est un roc qu'il peut secouer sans qu'il bronche et parce qu'il veut lui montrer qu'il n'est pas fabriqué en allumettes.
Et puis il va retrouver son copain Roro au square. Roro il lui ressemble, des cuisses de mouches comme dit l'homme de sa famille d'accueil, des cheveux paille, de grands yeux lui aussi. Les deux gamins se sont rencontrés autour d'un bac à sable alors que la mère de Titi et la femme de la famille d'accueil de Roro discutaient à en perdre le souffle.
Maintenant les deux garçons qui ont le même âge, nés le même jour, dites donc, aiment à se retrouver ensemble. Roro fait beaucoup de sottises alors que Titi, lui, se contente de suivre, plongé au cœur d'aventures qu'il n'aurait jamais imaginées. Roro parle peu, d'une voix basse, comme éraillée, comme s'il avait un chat dans la gorge. Madame Pèlerin, la femme qui l'accueille, a expliqué à la maman de Titi, qu'il a un problème de larynx.

- On dirait qu'il a été écrasé, vous savez on ne sait pas son histoire d'avant, il est avec nous depuis ses trois ans. Il a été retiré à une famille de paysans juste avant qu'il arrive chez nous. Mon dieu qu'il était maigre et sale. La Dame de la DDAS nous a dit qu'il avait été retiré d'urgence, mais on ne sait pas pour quoi. Ce gamin est adorable, très tritri, il n'en fait qu'à sa tête et faut le surveiller comme le lait sur le feu. Mais je l'adore

- Il est à l'adoption ?
- Même pas, et nous ne pouvons pas, nous, adopter les enfants que nous accueillons... si vous saviez ce que l'on voit des fois.

La pauvre femme serrait son poing sur son cœur avec les larmes aux yeux. Titi, dont les oreilles traînaient toujours partout et les yeux encore plus, avait saisi le trouble profond, l'émotion sincère de cette femme. Roro avait, ce jour là, acquis une aura particulière. Il n'aurait pas pu dire à quoi cette aura se rattachait, mais il y avait une telle vibration de douleur dans le regard, le geste et la voix de cette femme que cela conférait une singularité infinie et palpitante à Roro. Et brutalement une force invisible arrache les deux enfants aux femmes sui tendent les bras, hurlent et disparaissent dans une brume sale. Le rêve se termine toujours ainsi.

Brutalement Martin fonce aux toilettes pour vomir tripes et boyaux, il a l'impression qu'il va s'évanouir, il se couvre de sueur froide alors que des décharges le parcourent. Il ne peut se relever, il reste un temps fou agenouillé au dessus de la cuvette des WC, incapable de bouger, de se remettre debout. « Et je mourrais là ? ». De plus en plus il s'enfonce dans quelque chose de cotonneux, d'immatériel.
Une demi heure après il ouvre les yeux et sent que son corps est glacé, ses genoux le rappellent à l'ordre. Il tente de se lever et tombe sur le côté en heurtant le châssis de la porte, puis il glisse doucement le long de l'huis. Il reste ainsi quelques minutes transis, la sueur froide coulant le long de son corps envahi d'horripilations désagréables.
Quand enfin il arrive à se traîner jusqu'à la douche et que l'eau chaude coule sur sa peau hérissée il ressent d'un coup comme une énorme décharge électrique. Il en reste paralysé

quelques secondes mais la gêne disparaît vite. Une grande fatigue l'a envahi mais il continue doucement sa douche pour se calmer, reprendre possession de lui-même. Il constate que le réveil affiche 3h30. Diantre tout ceci n'a duré qu'une demi-heure ? Martin a pourtant l'impression que plus d'une heure s'est écoulée.

Les jambes en coton il s'habille, se prépare un expresso, le boit, grimace, le café lui brûle la trachée tout le long de la descente et il le sent comme un corps étranger pénétrer dans son estomac. Va-t-il encore vomir ? Non, mais la sensation reste désagréable.

A 4 heures il pénètre dans son bureau, allume et brusquement reste découragé sur le pas de la porte. Bien, il est là, bon et il va faire quoi ?

Il entre, ferme la porte, s'assied dans son fauteuil, allume l'ordinateur. Son esprit évolue dans une sorte de brouillard encore un rien nauséeux.

« D'accord l'ordinateur est allumé, je fais quoi, là ? »

*

Arrivé sur les lieux du rendez vous, Paul Martineau a garé sa voiture comme indiqué par Romain lors de son appel.

Les lieux sont sinistres. Une ferme en ruine au cœur d'une campagne bocagère, au centre de ce qui apparaît comme un marécage, Paul à vu les vestiges d'une exploitation ancienne de tourbe quelques kilomètres avant.

Malgré l'été le vent qui frise l'herbe et les arbustes reste un rien frais. En descendant de voiture Paul frissonne. Il examine les lieux d'un regard circulaire, personne, pas de voiture ?

- Est-ce que je me suis trompé ?

Il regarde de nouveau la carte sur laquelle il a au stylo rouge tracé son itinéraire… non, il est bien à l'endroit désigné. Romain serait il en retard ? Ce serait bien dans son caractère. Toujours à se faire attendre, il a toujours été comme ça. Paul s'avance vers un bâtiment délabré partagé entre un logis aux volets en bois nécessitant un gros entretien et un grange au portail énorme barré d'un madrier à mi hauteur. Pour accéder à la porte d'entrée du logement il faut faire attention car le chemin est boueux en diable. En contournant les flaques et en se tordants les chevilles dans l'herbe Paul arrive devant la porte à la peinture écaillée et aux vitres rendues opaques par la poussière. Par réflexe Paul frappe à la vitre, une fois, deux fois, trois fois... pas de réponse, il se permet de faire tourner la clenche et la porte s'ouvre sur une cuisine crasseuse et puante. Un pas en avant, un deuxième, la pièce apparaît vide et sans doute inoccupée depuis longtemps. Paul fronce les sourcils, une alarme sonne dans sa tête « c'est quoi ça, un piège ? » il va pour se retourner en entendant un bruissement, mais il n'a pas le temps de développer son geste qu'un coup terrible l'assomme. Puis deux mains vigoureuses enserrent son cou et l'étrangle avec furie.

CHAPITRE 3 : MARDI 7

Tout l'après midi, la soirée et une partie de la nuit les deux gendarmes sont restés vissés à leur chaise devant le grand écran. Velu leur a apporté des sandwichs, de la bière et du café, A aucun moment les deux gendarmes ont éprouvé le besoin de faire une pose. Toute une histoire s'est déroulée devant leurs yeux. Une narration tronquée par, d'abord la mauvaise qualité des images, par le fait que l'allée n'est nullement balayée par les deux caméras opposées sur le même pilier.

Sur l'une on peut voir un bras, un pied voir même une épaule de ceux qui empruntent l'allée. On ne voit réellement les gens que lorsqu'ils sortent de l'allée dans les emplacements. Sur l'autre idem, mais entre les deux on ne distingue rien. En fait une partie de la vision à gauche est rendue difficile par des stries.

- Réglage nul fait par un nul, a décrété Biniou qui ne tient pas Stéphane Virlogeux en grande estime.
- Je vais demander à mon copain antenniste s'il peut aller voir avec sa nacelle.

Le pire demeure que lorsque quelqu'un entre ou sort de la tente de l'emplacement cinq on ne peut voir son visage, juste à partir du mi-buste jusqu'aux pieds et encore. Lorsque quelqu'un pénètre dans la tente on voit le sommet du crâne. Même lorsqu'Agnès Levavasseur sort et quitte l'emplacement on ne voit pas plus, le sommet de son crâne, son dos, puis plus rien avec parfois un bras à la limite de l'allée.

Et puis il y a eu des épisodes assez insolites voire complètement loufoques qui privent les enquêteurs d'images primordiales aux moments les plus importants.

Vite rendus au premier soir les deux gendarmes assistent à l'arrivée, serpentant entre les emplacements de ce qu'ils comprennent être Tutur. La démarche craintive et très attentive démontre qu'il sait ce qu'il fait et qu'il mesure cette acte a de défendu. Il vient jusqu'à l'ouïe de côté de la tente dont le rabat n'est pas totalement retombé. Il guette à l'intérieur et entreprend de baisser sa braguette, ce faisant il ne regarde plus à l'intérieur. Brusquement Agnès Levavasseur sort de sa tente, se précipite sur Tutur et le bourre de coups qu'il esquive maladroitement. Laissant son adversaire partir en sautant comme un cabri Agnès semble lui crier quelque chose, cela fait sortir un homme âgé de la tente de l'emplacement voisin. Il arbore un magnifique pyjama zébré. Une conversation s'engage avec Agnès qui lui explique visiblement ce qui vient de se passer. L'homme lui explique quelque chose avec force gestes apaisants et chacun de rentrer dans sa tente. La nuit se passe sans incident, au milieu de matinée Agnès, dont on voit le côté droit parce qu'elle marche à moitié dans l'herbe bordant l'allée, part. Elle ne revient que deux heures après. Grace à une autre caméra on la voit entrer à l'accueil, rester un quart d'heure et repartir pour sortir du camping.

- Elle vient de se plaindre, énonce Biniou
- Oui, mais où est elle allée ?
- Avec son téléphone on peut, peut-être, en savoir plus
- Oui, s'il y a plusieurs bornages, et puis il y a les commerçants, les caméras de vidéosurveillance des magasins, banques, etc. Velu va nous les recenser et envoyer les demandes nécessaires.

A cet instant coup de fil sur le portable de Martin. Courte discussion.

- Bon diagnostic des caméras. La platine comporte 4 vis dont deux sont cassées juste à la tête, donc en cas de grand vent ça branlicote –c'est le terme technique utilisé par mon copain- du coup la caméra est plus ou moins bien axée. Sur le côté gauche –droit quand on regarde la caméra, le hublot à pris un pet terrible, genre tir de lance pierre et est tout fissuré. L'eau est rentrée et le fond du hublot est plein d'un jus comme du café. De plus une branche pendouille juste sur le côté droit, le copain l'a enlevée.

- L'entretien n'est pas le fort du camping et du sacré Stéphane, il a deux mains gauches et un poil qui peut servir de tuteur.

En revenant en arrière pour visionner d'autres plages de l'écran, Tutur est suivi par deux autres caméras et les gendarmes le voient rentrer dans une tente canadienne plantée à côté d'un bungalow disposant d'une vaste terrasse en bois dont la balustrade est couverte de fleurs. Il entre furieusement dans sa tente. La lumière est éteinte dans le bungalow, le time code annonce 1h45.

Un quart d'heure après les lumières des allées s'éteignent et l'on ne voit plus grand-chose. Vers 4h30 le jour commence a revenir et il n'est plus nécessaire de s'abîmer les yeux sur l'écran. Pendant la journée Agnès Levavasseur va et vient, reste absente longtemps à deux reprises. Le soir vers vingt une heures trente, entrée de ce qui semble un homme, mince, sans doute grand et dont l'arrière du crâne laisse à penser que sa chevelure tire sur le blond. L'image s'efface et revient au cours de la demi-heure qui suit. Brutalement une ombre sort de la tente. La branche frottant contre le plexiglas semble agitée par le vent et l'image n'est plus vraiment lisible. Quelques secondes après un bras apparaît sur trois mètres de parcours, le bras droit d'un homme avec une montre qui brille un peu dans l'obscurité qui s'installe doucement. Tutur navigue dans le camping suivi par les caméras, il ne vient pas vers l'emplacement 5. Une femme en chemise de nuit le poursuit et il revient tête basse avec elle jusqu'au bungalow.

- Tu t'es fait poisser mon vieux, plaisante Biniou.

Le lendemain soir à la même heure se produit une visite. Martin et Biniou ont la même réflexion

- Ce n'est pas le même

En effet le peu que la caméra laisse voir appartient à un homme plus petit, plus rond. La visite dure une heure avec une sortie moins furieuse que la veille.

- Plus petit, un rien replet le particulier

Il faut attendre le lendemain soir pour, à l'heure habituelle, se rendre compte qu'un homme pénètre sous la tente. Martin rapproche sa chaise il donne l'impression de vouloir entrer dans l'écran. La visite dure presque trois heures.

- Gros calinou, lâche Biniou avec un rire étouffé.

Philippe Martin se crispe mais ne répond pas.

Quand l'homme ressort un bras d'Agnès glisse dehors dans son dos. Un homme grand, mince, blond

- Adieu, mon amour et revient moi vite, persifle Biniou, c'est le type du premier jour

Même attitude de son collègue, assez crispé.

L'objectif capte de nouveau un bras, mais sans montre.

Silence dans la pièce et Biniou lâche doucement.

- Peut être pas, ou il a oublié sa montre

Martin reste figé devant l'écran, puis soudain il se détend comme s'il avait bloqué sa respiration auparavant.

- On ne voit rien ou presque mais il y a quelque chose qui ressort de cela c'est que nous avons en fait à faire à deux ou trois hommes. Voyons s'il y a mieux après car visiblement Agnès Levavasseur est vivante à ce moment.
- A 0h36, note Biniou
- A 0h36, répète Martin

Vers 2h15 apparaît subrepticement un homme.

- Celui qui est venu tout à l'heure ou bien celui qui est venu il y a deux nuits ?
- Difficile à dire mais sans doute l'un des deux. Un petit coup de revenez y, plaisante Biniou

Martin grogne et se colle à l'écran, il note l'heure sur un carnet. Il se passe un quart d'heure au time code. L'homme ressort, on ne le distingue pas mieux. Son bras fait une brève apparition le long de l'allée. Biniou remarque immédiatement.

- Montre au poignet droit

Martin grogne de nouveau, se recule, il serre des dents, semble perdu dans ses réflexions.
La vidéo défile toujours à 3h00 apparaît Tutur qui navigue de nouveau entre les tentes. Il regarde par l'ouïe de la tente d'Agnès Levavasseur, a un mouvement de recul, jette un regard alentour et brusquement contourne la tente et entre.
Et brusquement l'image pivote, remonte un rien vers l'intérieur du camping, zoom sur un endroit entre une caravane et une grosse tente canadienne bordée d'un Combi.

- Qu'est ce que c'est que ce bordel, râle Biniou
- Le gérant a dit que l'on pouvait déplacer et zoomer
- Qui ?
- Le vigile de nuit
- Ah, mais pourquoi à ce moment là ?

La réponse se présente immédiatement aux yeux étonnés des deux gendarmes.

- Un renard
- Deux renards
- Et un lapin
- Le premier renard l'a débusqué, regarde comme il fonce, il se coupe, ah pas de bol l'autre renard l'attendait là.
- Des sacrés chasseurs. On dirait un renard et un plus petit.
- Une mère et un renardeau sans doute, tu as vu le bond qu'elle a fait pour saisir le lapin ? Mais bon, pendant ce temps que fait Tutur ?
- Mais quel con ce vigile, hurle Biniou en tapant du poing sur son bureau.

Et comme commandée par ce coup la caméra revient en vitesse à sa position initiale. Et noir intégral. Plus d'image et plus de time code.

- Ah non, il nous l'a détraquée ce con de vigile

Mais l'image revient juste à ce moment avec des tressautements

- Ah quand même

Biniou, regarde le time code

- Hein il clignote, ah non il se recale ! 5h59, ça a duré plus deux heures et demie.

- Faut en parler au gérant, il faut connaître la cause de cette panne, il ne nous en pas parlé, pourquoi ?
- Regarde, regarde, là sur l'autre caméra, là c'est Tutur qui regagne sa tente, tu as vu il tient quelque chose, une corde ?
- Oui, on voit mal, il retourne à sa tente, il vient donc de celle d'Agnès.
- Il y est resté pendant 3 heures et demie ?

Les deux gendarmes se regardent dubitatifs.

*

Le Major passe par là et se fait résumer les découvertes en quelques mots, il prend note du signalement des individus entraperçus tant bien que mal.
Il retourne à son bureau et entreprend de recenser au téléphone les clients mâles des hôtels, gîtes, chambres d'hôtes, meublés Airbnb du secteur. Il se fait décrire l'aspect physique et l'âge des personnes en cause. Partir de là si la description corrobore le peu d'informations dont il dispose il souligne le nom et essaie d'en savoir plus.

*

La brigade du village d'origine d'Agnès a déjà envoyé par mails des éléments de dépositions ou de rencontres avec la famille ou des proches, même le facteur local.

Les gendarmes là-bas se sont mis à l'œuvre avec un certain entrain aiguillonné par la personnalité des parents de la victime. Depuis hier les mails se succèdent. La mère, le Brigadier qui l'a interrogée a dit au téléphone au Major pour lui annoncer l'envoi des documents. « Une femme glaciale, aux lèvres minces et serrées, un air dur, quand j'étais gamin on disait une tête à faire rater une couvée de singes, un peu ça. Pas une once de sentiments, des phrases courtes sèches avec un ton qui claque.

Elle ne m'a pas demandé les circonstances, si sa fille avait souffert, etc. rien, j'en avais la chair de poule, je ne voudrais pas être sous ses ordres. »

Il semble d'ailleurs en lisant le compte rendu que le Brigadier n'a pas exagéré. Dieu, les convenances, la folie du meurtrier, la peine de mort à lui appliquer, etc., voila ce qui compose essentiellement la diatribe en réponse au questionnement du gendarme. Pas de portrait, pas de peine, pas de regret quelconque, juste « qu'est ce qui lui a pris d'aller se faire tuer là-bas ? ». Comme si cela aurait été plus « convenable » de le faire chez eux.

La sœur aînée avait répondu avec beaucoup de réticence. Sa mère ? Un monstre, son père ? Un bouffon, une outre pleine de vent aux mains baladeuses même sur sa progéniture. Sa sœur morte ? Une petite hypocrite ayant le feu au cul. Bien sûr elle a du chagrin, on ne doit pas mourir comme ça et si jeune, mais bon, si on pouvait lui foutre la paix avec cette famille qu'elle veut oublier.

La seconde sœur a plus d'empathie même si elle reconnaît qu'elle cachait bien son jeu. Non, elle ne l'aimait pas parce que c'était la dernière, la favorite, et qu'elle faisait tout pour plaire et l'enfonçait vis-à-vis de ses parents, surtout vis-à-vis de la « reine mère ». Oui, le père avait les mains baladeuses, mais jamais il n'avait abusé d'elle. « De toute façon chacun pour sa peau » a été la conclusion de sa réponse.

Le père, un hypocrite un rien trembleur devant sa femme, d'après le gendarme interrogateur. On se rend compte à la lecture de ses propos qu'il atteint une sorte de perfection dans l'art de répondre sans jamais rien dire. Un grand moment de langue de bois avec un sommet « bien entendu, quel père n'aurait pas du chagrin lorsque l'on tue un de ses enfants, vous-même n'est-ce pas » Aucune interrogation non plus sur les circonstances, les souffrances endurées, etc.

La proviseure de l'institution, Sœur Angélique, décrit Agnès dans des termes neutres et convenus et en reste aux aspects professionnels, le gendarme qui l'a rencontrée a noté au crayon dans la marge « ne veut pas se mettre mal avec la famille mais ne semble pas apprécier sa collaboratrice sur le plan humain…la charité chrétienne semble y perdre ce que la neutralité y gagne »

Le seul qui trouve les mots et l'émotion pour s'appesantir sur le calvaire d'Agnès se trouve être le facteur dont la tournée englobe le domicile familial et l'institution où la jeune morte enseignait. Sa description de la famille qu'il dessert depuis plus de huit ans corrobore l'impression ressortant de la lecture des mails mais aussi des remarques du Brigadier. Sauf que le facteur, un prénommé Jean Louis aux bacchantes dignes d'Hercule Poirot, met plus de faconde et d'humour dans la description des personnages qu'il évoque.

- Ah mon pauvre faut avoir vu la mère se dresser les lèvres pincées pour savoir ce qu'est la colère de dieu, à mon pauvre ami, le mari il filait doux tout en faisant le beau avec les Messieurs et les Madames de… Il avait la hanche en meilleur état que la mienne à force de faire toujours des ronds de jambes. Quand il avait son petit plumet il avait la main exploratrice. Les filles, ah la la, pauvre de moi, c'est encore autre chose. Nature généreuse ne pouvant s'exprimer dans le corset familial, alors elles sont parties ailleurs, d'après vox populi, après perdu leur fleur au bout du fusil d'un galant. La dernière, gentille, faut dire, mais pas blanc bleu et surtout pas un bas bleu. Je ne lui aurais pas donné le bon dieu sans confession. Mais qu'aurais fait Dieu pour elle ?».

*

En fait le gendarme qui a rendu compte à Pelvoux a usé de doux euphémismes. Ça ne s'est pas passé de manière douce mais très tendue avec la mère de la victime. Mais bon, il synthétisait le rapport du Brigadier Lambert qui lui était déjà reparti sur une intervention routière dramatique.

- Vous savez j'ai des amis haut placés, je n'aime pas

votre manière de présenter les choses et je pourrais leur en toucher deux mots.

- Madame, sauf votre respect, vos amis, si hauts placés, ne changeront rien aux faits, aux constatations et aux rapports des experts qui ont examiné le corps de votre fille et ses affaires. Hier je suis venu vous annoncer son décès par meurtre dans un camping. Vous n'avez pas voulu me croire, je vous ai passé au téléphone le Major chargé de l'enquête sur le terrain. Vous avez aussi contesté sa version. Aujourd'hui vous m'intimez quasiment de venir vous voir pour en savoir plus et là encore vous contestez tout ce que je vous dis. Je comprends que le chagrin puisse faire que les paroles dépassent les pensées. Seulement vous voudrez bien considérer que dorénavant si vous voulez plus de précisions vous viendrez les chercher à mon bureau à la brigade. Madame je vous renouvelle mes condoléances et vous prie de m'excuser.

Au moment de sortir le Brigadier Lambert se rend compte qu'un homme vient d'entrer et à sans doute suivi le dernier échange. Celui-ci s'avance avec un grand sourire, une main tendue. « Un baveux » ne peut s'empêcher de penser Lambert. Taille moyenne, replet, cheveux un peu fous, costume sur mesure l'homme frise allègrement la cinquantaine de l'hédoniste gagnant généreusement sa vie.

- Maître Carabin, vous devez être le Brigadier Lambert, je n'ai pas encore eu le plaisir de travailler avec vous, mais j'ai collaboré souvent avec votre major. Je viens de la brigade pour vous voir justement, vous n'auriez pas du vous déplacer.

En disant ça il regarde la femme drapée dans sa digne colère, les yeux lançant encore des éclairs. Lambert ne dit rien et attend. Carabin, comme s'il habite de tout temps ici indique un fauteuil au gendarme et vient faire le baise-main à sa cliente.

- Ma cliente, je devrais dire mon amie, souffre énormément dans son cœur de mère de ce qui est arrivé.

C'est horrible, incompréhensible et incroyable. Je pense Brigadier que vous avez mesuré le niveau de chagrin et révolte contre cet horrible coup du sort qui l'atteint. Et je comprends votre volonté, tout à votre honneur, de ne pas creuser encore le gouffre qui s'est ouvert sous ses pieds en créant une situation intenable. Vous alliez avec tact vous retirer, moi je vous en supplie de rester.

Tout ceci prononcé avec délectation et sans reprendre son souffle. Maître Carabin paraît très à son aise comme dans un prétoire. Beaucoup, surtout dans la police ou la gendarmerie ont appris à se méfier de ses manières onctueuses, de son ton mielleux. Il n'a pas son pareil pour torpiller un témoignage, mettre en défaut les experts, les enquêteurs. Lambert sent une réelle tension entre la mère d'Agnès et le « baveux » qui pérore. Ce n'est même pas subtil, ça rend l'atmosphère électrique.

Battant des ailes comme à la barre il reprend son plaidoyer.

- Le chagrin d'une mère force le respect, le chagrin d'une mère ne peut se contenter de rapports secs d'experts où la fin de vie tragique de sa fille serait exposée de manière impersonnelle et clinique. Je vous demande donc de faire abstraction des mouvements d'humeur nés de cette confrontation technique et déshumanisée avec une douleur, vive, sincère emprunte d'une humanité bafouée.

Qu'en terme galants ces choses la sont dites. Lambert attend que le baveux en vienne au fait.

- Le major m'a expliqué, il m'a montré ces rapports, certains documents, la situation est claire, il ne peut être question là de contester les faits. Simplement permettez-moi de les rapporter avec mes mots à ma cliente. Ensuite si elle désire en savoir plus, je viendrai en personne vous voir pour approfondir notre connaissance du dossier… et bien entendu assister aux progrès de l'enquête.

Ces deniers mots, bien que prononcés sur le même ton que les autres résonne comme une menace à peine voilée.

Et cinq minutes après un échange de politesses hypocrites,

Lambert se retrouve dans sa voiture. Il donnerait beaucoup pour savoir ce qui se dit là haut dans ce salon.

*

Paule-Amandine Levavasseur tremble encore de colère lorsque Maître Carabin revient de la porte où il a accompagné le Brigadier Lambert.

- Maître, mon mari estime sans doute très fortement vos talents et les services que vous lui rendez, mais avec moi veuillez quitter vos grands airs. Je ne vous ai pas mandé en la matière, je peux me débrouiller seule, pas comme mon époux.

L'avocat la considère un instant, sourit brièvement. Il claque de la langue et va s'asseoir sans plus de cérémonie dans le fauteuil que le gendarme occupait précédemment.

- Chère Madame, vous avez raison de remarquer que votre époux me tient en haute estime. Je dois dire que cela n'est pas usurpé, je lui ai fait gagner beaucoup d'argent, j'ai défendu ses intérêts dans bien des domaines et je l'assiste dans le cadre d'une affaire dans laquelle je sais de source sûre que vous êtes impliquée.

Paule-Amandine Levavasseur semble avoir été piquée par une vipère, elle saute littéralement sur place avec une grimace. Ses yeux lancent de nouveau des éclairs, elle fait face avec un visage contracté par une colère non feinte

- Qu'osez-vous insinuer petit porteur de bavoir ?
- De bavette, de bavoir, si vous saviez ce que j'ai entendu au cours de ma carrière, mais passons, ce que j'ose dire c'est que le Conseil d'administration de la fondation, votre mari et certains de vos bailleurs de fonds -(ces derniers mots sont prononcés en articulant bien)- m'ont mandaté pour régler deux affaires pendantes. Bien entendu la mort douloureuse de votre fille et aussi cette enquête pour trafic de métaux rare et d'or. J'ai bien l'intention de faire ce qu'il faut pour que mes mandants

n'aient jamais à pâtir de quoi que ce soit de la part des forces de l'ordre, de la justice ou de vous. Donc jusqu'à nouvelle ordre vous voudrez bien fermer votre gueule, Madame.

Et sur ce, il sort laissant son interlocutrice tétanisée.

*

- Alors Pelvoux, comment ça va ici ? Je sais que vous avez du boulot avec ce dossier, mais je veux parler de vos hommes. Niclaus est rentré dans l'ordre ?

Pelvoux ferme lentement la porte de son bureau et se tourne vers le capitaine.

- Pas facile d'en parler ici, Fabienne est toujours en congé maladie, son toubib m'a appelé, elle va sans aucun doute chercher une mutation, ça fait la deuxième fois qu'elle subit ce genre de harcèlement de la part d'un ou de plusieurs collègues dans deux brigades différentes

Le capitaine regarde par la fenêtre, il ne se presse pas de prendre la parole, les mains dans le dos il laisse passer un silence. Il se retourne et regarde Pelvoux bien en face.

- Adrien, je comprends votre position, je sais que ce que notre collègue à subi est terrible, mais Niclaus a des protections actives et l'IGGN n'a rien trouvé dans le dossier
- Ou rien voulu trouver

Le Capitaine se gratte la tête, il fait la grimace. Il regarde sa montre, il hésite, puis se décide.

- Il est midi, si l'on allait manger une pizza ou des pâtes ? Nous pourrions deviser d'homme à homme, non ?!?

Pelvoux jette un œil à sa montre et avec un sourire triste, comme beaucoup de ses sourires, il acquiesce.

- Je demande à Martin de venir ? Nous pourrons ainsi parler du dossier.
- Non, je préfère être seul en toute confiance avec vous pour discuter à bâtons rompus.

Les deux hommes sortent de la brigade et s'acheminent vers le restaurant italien situé face aux bâtiments de la gendarmerie. « Chez Tino » annonce l'enseigne aux couleurs de l'Italie. Tino est sicilien... enfin son grand père était sicilien, mais Tino et son père sont nés en n'ont vécu qu'en France. Mais Sicilien ça place son homme surtout au niveau de la cuisine. Tino porte allègrement sa cinquantaine courtaude et replète. Le crâne dégarni sur le haut arbore des protubérances scolaires sur le pourtour. Cheveux noirs, presque crépus, avec quelques filaments d'argent au dessous des tempes juste au dessus de ses oreilles décollées.
Il accueille les deux gendarmes comme des amis, des membres de la famille. Avec un air entendu il les mène au fond de la salle, vers la véranda, un petit recoin tranquille qu'il isole, avec un clin d'œil entendu par un paravent peint représentant la bataille d'Himère en -480 quand les villes coalisées de Sicile ont vaincu les Carthaginois.

Le Capitaine dont le violon d'Ingres est l'histoire antique méditerranéenne interpelle Tino.

- Vous tenez ça d'où ?
- C'est mon fils qui a trouvé ça dans un palazzo qu'il rénovait à Catane ou Noto. Au départ c'était un panneau mural, il a fallu le prélever, mon fils m'a dit comment mais je n'y comprends rien à ce qu'il fait, toujours est il que les morceaux, les comment vous appelez-ça... des pigments, ont été transférés sur de la toile, enfin il me semble...Le Seigneur du lieu, un milliardaire du pétrole voulait foutre ça en l'air. Il prétendait descendre en ligne directe d'Hamilcar (il écarte les bras, fait la moue et lève les bras d'impuissance) un nom comme ça.
- Hamilcar de Giscon, justement celui qui a été vaincu à Himère en moins 480.

Tino regarde le capitaine comme s'il s'agissait d'un candidat ayant trouvé la réponse impossible dans un jeu télévisé. Il secoue la tête, regarde Pelvoux en haussant les sourcils...

- Ben dites donc on en sait des choses dans la gendarmerie... sauf votre respect Capitaine, c'est comme vous avez dit. Du coup mon fiston, (et comme souvent il saute du coq à l'âne) il est restaurateur, pas comme moi, J'ai un autre fils, avec Maman nous en avons eu quatre, celui là il est en cuisine avec moi, lui, enfin l'autre, c'est mon aîné vous savez, c'est les fresques murales, les tableaux et les mosaïques... il va partout dans le monde, c'est un vrai artiste, un génie mon fils....alors il m'a dit « Papa j'ai un magnifique cadeau pour toi, ça vaut une fortune. » Mais Maria et moi on préfère les arts asiatiques, alors j'en ai fait un paravent, il est beau non ?

Le Capitaine regarde ce petit homme replet débiter son laïus avec le sourire et force moulinets des mains.

- Il est beau et je pense qu'il vaut plus cher que votre restaurant, vous devriez y faire attention.

Tino reste la bouche grande ouverte à promener son regard sur les deux gendarmes en se demandant s'ils se moquent de lui. Les deux lui paraissent graves et ne semblent pas avoir envie de plaisanter.

- Non, mais sans dec', sauf votre respect Capitaine
- Sans dec' Tino, je connais un spécialiste d'art qui s'intéresse aux guerres puniques et en particulier aux guerres siciliennes, je vous l'enverrai, il deviendra fou en voyant ça...en attendant un bon Frappato.

Tino semble donner l'impression de tomber à genoux en pressant ses mains sur sa bouche.

- Ah du Frappato, j'en ai qui vient de Vittoria de chez l'oncle Serafino, vous m'en direz des nouvelles, installez vous j'arrive.

Les deux hommes s'asseyent en regardant une dernière fois le paravent.

- Capitaine vous plaisantiez ou pas ?
- A propos de quoi ?
- Du paravent

Le Capitaine esquisse un sourire espiègle.

- Adrien, nous nous connaissons depuis combien de temps ?

Pelvoux n'a pas besoin de réfléchir

- Depuis 1992
- Donc il y a vingt ans !
- Oui
- Est-ce que vous m'avez vu abuser quelqu'un même par moquerie

Une fois encore la réponse fuse

- Jamais, vous avez un jugement sûr en ce qui concerne l'art
- Il serait difficile de faire autrement avec un père et une mère historiens d'art et spécialisés dans l'antiquité.

Tino revient et sert le vin, Laurens hume, fait tourner son verre, goûte...

- Tino, le tonton Serafino n'a pas perdu la main, vous lui enverrez mon compliment, vous en prendrez bien un verre avec nous.

Tino regarde en direction de la cuisine où se trouvent son fils, le cuistot, et sa femme, la patronne. Mais le paravent le rassure, personne ne le verra, alors il va vers une table inoccupée où il prend un verre à vin et revient rapidement. Les trois trinquent. Après avoir communié autour du Frappato, Tino laisse les deux hommes. Il ne manque pas, trente secondes après de revenir poser un verre propre à l'endroit où il prit clandestinement l'objet de son forfait.

- Fameux ce vin ; se délecte le capitaine en faisant claquer sa langue

Pelvoux est moins dithyrambique, mais hoche de la tête pour approuver. Ce qu'il apprécie chez le capitaine c'est sa capacité à mettre les gens à l'aise, à ne pas montrer sa supériorité culturelle qui pourtant existe bel et bien. Même si le capitaine peut se montrer très dur dans le boulot, Pelvoux sait qu'il est honnête intellectuellement et dans ses rapports humains. Avec son sourire un rien espiègle, il ne paraît jamais rien prendre au tragique et surtout se moquer de lui et parfois un peu des autres, il touche le bras du Major.

- Bon c'est bien parti, nous allons pourvoir nous laisser aller à notre quart d'heure de langue de pute et parler sans filtre. Une Caponata et Arancini à la sicilienne pour moi, lance-t-il à la jeune femme qui vient respectueusement avec son terminal portable à la main, et vous Adrien ?
- Pareil, pas mieux
- Vous continuez avec le Frappato ? demande le jeune femme
- Ben, oui, des collègues pourraient nous attendre à la sortie.

Et tous trois de rire franchement.

- Adrien, j'ai posé la question concernant Niclaus, car j'ai eu le sénateur Paparinot qui est un ami de la famille de votre victime et qui s'est fait l'écho de rumeurs affirmant que votre brigade n'enquête pas avec le zèle voulu parce que vous auriez des effectifs proches de l'ultra gauche ou du mouvement LGBT.

Le sourire triste standard de Pelvoux salue ces assertions.

- Comme d'habitude, Niclaus est très introduit un peu partout dans l'extrême droite, Paparinot navigue dans cette mouvance, c'est ce que mon collègue de là-bas m'a appris. Il m'a appris aussi que le père de la victime devrait se présenter aux prochaines sénatoriales pour prendre le mandat de son grand ami qui ne se représentera pas.

Le capitaine fait tourner le vin dans son verre mais Pelvoux sent bien que ses pensées en font de même.

- Oui, oui, bien sûr... mais pour les éléments d'ultra gauche ?

Pelvoux se rend compte que le Capitaine ne lui dit pas tout

- Des pressions parisiennes ?
- Un peu, l'ultragauche affole l'intérieur et la défense et ce n'est pas parce que Hollande vient de gagner que les fonctionnaires parisiens ont perdu leur paranoïa

habituelle.

- D'accord, je vois… pour parler franc… nous sommes dans un quart d'heure de langue de pute ?
- Oui
- Bon, donc pour parler franc, l'ultra gauche, pour Niclaus et son compère Petitpied, commence à Marine Le Pen et son mignon Philippot, lui de l'ultra gauche.

Le capitaine scrute son interlocuteur comme s'il venait d'entendre sa mère lui dire qu'il n'était pas son fils.

- Euh, Adrien… Marine Le Pen d'ultra gauche ?
- Pour Niclaus et Petitpied, oui, au café, avec deux collègues je les ai entendus décliner cette vérité fondamentale.

Laurens manque de s'étouffer en avalant une gorgée de vin pour faire descendre la nouvelle.

- Mais la neutralité du militaire, du gendarme ?

Avec un geste parabolique passant au dessus de sa tête Pelvoux signifie que pour Niclaus nous sommes au dessus, des milliers de kilomètres, au dessus de ça.

- La grande muette, pour eux, c'est bon pour les tarlouzes, les tafioles, les bicots et les gauchos… et pardonnez moi… pour les gradés au garde-à-vous
- Sympas ces garçons
- J'aimerais qu'ils soient sympas ailleurs

Avec des petits claquements de langue le capitaine, un immense sourire faussement réprobateur aux lèvres, montre à Pelvoux qu'il ferait mieux d'entamer l'assiette de Caponata que l'on vient de déposer devant lui.

- Adrien, Adrien, c'est parce que personne ne le veut ailleurs, parce que ses amis ne savent réellement qu'en faire que nous vous le laissons, vous savez si bien « l'employer » !

« Si bien l'empêcher de nuire », pense Pelvoux qui entame ses aubergines frites absolument délicieuses. Alors Niclaus sert auprès des grandes gueules, des gens du voyage récalcitrants, pour les missions statiques-alcoolémie, vitesse, contrôle des véhicules- ou les crapahutages dans les lieux impossibles des terres agricoles ou forestières. Pelvoux ne voulait pas le voir comme tampon, à l'accueil, pas.

- Je vais en parler au général parce que non seulement il y a l'affaire Fabienne Nectoux, ça grenouille dans certains milieux, mais il y a aussi l'enquête actuelle, Niclaus est proche du milieu catho ultra et cela risque d'interférer. Sans oublier l'enquête sur le trafic de métaux rares et précieux

Pelvoux hausse les sourcils d'un air dubitatif. Il est à la conversation, elle a déjà eu lieu à plusieurs reprises, mais cela n'a encore rien donné.

*

Le Major Pelvoux, poursuivi par sa discussion avec le capitaine ne peut rester en place. Il est partagé entre la colère, l'envie de tout envoyer promener et le désir profond de clore cette enquête en trouvant le ou les coupables, mais aussi en fermant leur bec à ses subordonnés dont il voudrait bien être débarrassé. Alors il a fait tout l'après midi le va et vient entre son bureau et celui de Biniou, il s'est fait montrer plusieurs fois les séquences intéressantes. à chaque fois, revenu dans son bureau, il retéléphone aux hôtels, demandes des précisions, interroge les fichiers de la police, de la justice. Ce manège intrigue ses subordonnés qui sentent que Pelvoux devient de plus en plus tendu, voire en colère. Mais ce dernier sent qu'il arrive au terme de quelque chose, à la fin d'une histoire, sans doute d'une longue fuite. Jamais il n'a été habité par un tel sentiment d'urgence, pas un tel appel du gouffre. Toute sa vie il s'est attendu à payer l'addition a être rattrapé par le passé. Il n'arrive pas à comprendre pourquoi, mais dans sa moelle il sent que le décompte final est lancé.

A ce moment le téléphone sonne, c'est le général qui est au bout du fil, il a l'air remonté.

- Dites moi Pelvoux, c'est quoi cette affaire concernant un

de vos hommes ?

- Quelle histoire mon Général ?
- Il y a un article concernant un problème rencontré par Philippe Martin lorsqu'il était engagé en Afrique
- Un article de journal ?
- Non sur un blog d'extrême droite « le pilori patriote »
- Connais pas, je vais essayer de trouver ça.
- Pas la peine je vous fais parvenir une copie par mail. Faut voir ça de près avant que la vraie presse s'y intéresse
- Bien mon Général !

Pelvoux lève les yeux au ciel et soupire profondément. Comme s'il n'y a avait pas assez d'emmerdes comme ça. De toute manière il ne supporte pas tout ce qui se rapporte avec l'extrême droite, il a déjà assez à faire avec Niclaus et ses copains.
Il se branche sur son adresse mail et ouvre le texte accompagnant la formule simple : « suite à communication avec le Général »
Il s'agit d'une capture d'écran pas très lisible mais édifiante.

« La gendarmerie gangrenée ?
Au sein de la Brigade de.... Qui enquête sur l'atroce crime d'Agnès Levavasseur au camping de cette ville dirigée par un gauchiste trotskiste ayant prouvé de tout temps son allégeance à l'ultra gauche cosmopolite ? Un gendarme qui a déjà, nous a-t-on laissé entendre de source sûre, déshonoré deux fois l'uniforme, une fois de l'armée de terre et une fois des pompiers. Nous ne nous étendrons pas sur les faits qui ont été forcément classés défense mais sur le caractère du personnage en question. Par deux fois il a manqué gravement à ses devoirs de loyauté envers ses supérieurs et a été au cœur de scandales qui ont non seulement entraîné son éviction de l'armée ou du corps des pompiers mais semé un trouble terrible dans la carrière de ses supérieurs. Et c'est à cet homme, dont on nous dit qu'il est proche de l'extrême gauche radicale, que l'on confie une enquête aussi sensible. Le bruit circule qu'il est soutenu par son chef de brigade et le général à la région. Il se dit que c'est un ami très intime du

fils du dit général... La France se trouve livrée à des forces qui n'incarnent plus vraiment l'ordre. Encore un scandale en perspective ? »

Pelvoux balance un grand coup de poing sur son bureau en lâchant un énorme juron. Il y a trois petits points dans le texte qui lui restent en travers. Ils figurent un infâme sous entendu qui reste en travers de la gorge du Major.
Son premier geste est d'appeler Martin dans son bureau, il y renonce pour le moment. Puis la moutarde lui montant au nez il envisage d'appeler Niclaus. Là aussi il s'abstient. A la place de ça il va ouvrir un coffre dans une armoire fermée à clef. Il en sort une chemise à sangle. Il prend un feuillet au milieu d'une liasse pas très épaisse. La lecture le rassérène un peu.

Opération Épervier Tchad 12 octobre 2007

Colonel ...... à Adjudant chef Pelvoux Adrien.

Vous avez attiré mon attention sur le cas de l'ex Sergent chef Philippe Martin qui a démissionné en 2006 après avoir été sanctionné par son capitaine pour insubordination. Je ne peux évoquer le fond du dossier mais je puis vous garantir que le jugement qui a été porté à blanchi le Sergent Chef Martin. Il a décidé seul de rompre son engagement pour rentrer dans la vie civile.
Vous me dites il s'est cette fois engagé dans le corps des sapeurs pompiers, c'est là aussi une manière noble de servir son pays.
Malheureusement je ne peux rien ajouter de plus...

Le Major Pelvoux lit et relit ce court message. A l'époque il n'en n'a pas su plus. Pour lui ce document est top secret, il ne convient pas que l'on apprenne qu'il s'intéresse au sort de Philippe Martin depuis tant d'années. Ça n'a jamais été facile du fait de ses mutations régulières dans diverses région de France et même une fois d'outre mer.

Il semble soupeser le document, lève les yeux vers le plafond et après un grognement range tout dans le coffre de son armoire.

Il appelle Martin au téléphone.

Martin lit le document que le Major a imprimé. Il devient blanc puis grisâtre au fur et à mesure de la lecture. Il redresse la tête, les mâchoires tellement serrées que le major à l'impression que les dents vont éclater sous la pression. Il y a une flamme sauvage de colère dans les yeux de Martin, puis elle fait place à une immense lassitude qui se lit aussi sur le visage qui se relâche et s'affaisse.

- Ah bon dieu, ça n'en sera donc jamais fini avec ces affaires ?

Pelvoux note que le ton est désespéré. Il a face à lui un homme dont les épaules s'effondrent et se replient vers l'avant creusant ainsi la poitrine soulevée d'un soupir sans fin.

- Philippe, le général m'a appelé et m'a envoyé ceci, il veut en savoir plus sur le fond de l'affaire… Cette attaque infâme contre un de mes hommes me révulse mais je ne dois pas négliger la réponse à la question posée. Je dois étayer mon argumentaire pour répondre au général afin qu'il fasse pièce de telles allégations.

Martin redresse la tête, regarde en face son supérieur. Ce dernier ne peut déterminer si tout son message a été entendu ou si Martin va s'écrouler sur sa chaise. D'ailleurs c'est l'impression qui se dégage à cet instant. Alarmé le Major se lève. Martin lève la main pour montrer que tout va bien.

- C'est bon Major, pas d'inquiétude, le coup est rude mais je vais faire face comme il y a 6 ans.

Pelvoux hésite à se rasseoir, puis ayant bien scruté son subordonné il le fait avec lenteur.

- Bien, je vous écoute

Martin écarquille longuement les yeux comme pour s'éclaircir les idées, se repositionne sur sa chaise. Il reprend possession de lui-même.

- Que voulez vous savoir Major ? Si je suis pédé et si je

couche avec Biniou ?

Comme piqué au vif le Major accuse le coup

- Martin on se fout de ça, je sais que c'est faux et de la pure calomnie, je pense savoir d'où vient cette attaque infâme.
- Moi aussi, alors quoi ?

Pelvoux détache bien ses mots

- Que c'est il passé au Tchad en 2006 qui vous a forcé à démissionner de l'armée. Il n'y a rien dans votre dossier et vous n'auriez pas pu vous engager dans la gendarmerie s'il y avait eu quelque chose à retenir contre vous.

Martin a retrouvé toute sa lucidité et sa combativité.

- Ben alors pourquoi creuser ?

Pelvoux sourit, va vers une armoire qu'il ouvre et en sort une bouteille d'un liquide transparent et deux petits verres.

- Philippe, voilà ce que l'on va faire, nous allons prendre un thé ensemble et comme deux bons vieux potes nous allons discuter. Ça vous va ?
- Du thé Major ? s'étonne Martin en regardant la bouteille dans la main du Major.

Celui-ci rit de bon cœur

- Euh, oui c'est comme ça que j'ai toujours appelé l'alcool de poire que mon oncle Jules, quatre vingt dix ans aux prunes, distille clandestinement dans sa ferme depuis plus de soixante dix ans, et dont il m'envoie chaque année deux bouteilles.

Cette fois l'ambiance se fait plus gaie, plus chaleureuse.

- Philippe, à aucun moment je ne veux vous mettre en accusation, mais aussi à aucun moment je ne peux accepter que mon enquête soit mise en difficulté pour des menées politiques. Donc je veux en savoir plus, savoir à quoi je m'expose et à quoi j'expose ma brigade. Puis après on s'occupera de ce torchon dégueulasse.

Il remplit les verres

- Chez Tonton Jules la coutume veut que le premier verre soit bu cul sec
- Ah ?, le premier verre ?

- Oui, c'est une tradition

Les deux lèvent le coude ensemble, et les larmes leur viennent en même temps pendant que le liquide fait sentir sa descente depuis le gosier.

- Ah, chaque année il s'améliore, c'est du vingt ans d'âge au moins… le premier verre cul sec… et les suivants aussi

Et il recharge.

Martin à l'impression que le feu a pris dans ses boyaux, puis petit à petit cela se calme, il ne reste qu'un goût incroyablement profond de poire.

- Peut être qu'il faut que j'explique avant que ma langue ne fonctionne plus, plaisante-il
- Tut tut, il y a une tradition aussi chez le Tonton Jules : on va toujours sur ses deux pieds. Donc Philippe deuxième verre c'est un ordre.

Les idées se bousculent un peu dans la tête de Martin, mais sa langue ne se colle pas au palais, elle a tendance à vouloir aller plus vite que sa pensée. Il doit faire un énorme effort sur lui-même pour discipliner son débit et ses idées.

- Je ne peux rien dire de très précis, je ne peux pas citer de nom par exemple. En démissionnant j'ai signé un engagement lié au secret défense. Je peux simplement dire que j'ai constaté des faits, une situation, qui ne concordaient pas avec mes valeurs, ce qui m'avait fait m'engager dans l'armée et accepter de participer à des opérations de terrain. J'ai signalé à la hiérarchie et comme nous ne pouvions tomber d'accord j'ai démissionné pour mettre mes actes en accord avec ma conscience. Je ne peux en dire plus

Le Major reste silencieux un moment, puis après une grimace il va voir si la porte de son bureau est bien fermée, il jette un œil dans le couloir et ferme la porte à clé avant de revenir se poser dans son fauteuil.

- Philippe, je comprends, donc je vais faire des suppositions, vous n'êtes même pas obligé d'acquiescer… d'accord ?

- D'accord
- Bon, voila, dans le cadre de l'opération Épervier, en marge de cette opération, sans doute, les relations entre responsables politiques Tchadiens, certains rebelles ou groupes rebelles ou responsables d'oppositions, pouvaient se trouver en contradiction totale avec les buts poursuivis par l'opération et l'état français. Ça s'est vu dans d'autres circonstances, ailleurs qu'en Afrique. Je ne fais pas fausse route ?

Silence de Martin qui esquisse un très léger sourire et serre un peu plus les mâchoires ensuite.

- Il m'a été rapporté par mon beau-frère, bien plus âgé que moi, que pendant les évènements d'Algérie il s'est trouvé confronté à des situations dans ce genre. Des arrangements entre ennemis qui peuvent amener à des pertes de camarades. Un peu ça non ?

De nouveau silence.

*

Philippe Martin essaie de calmer son mal de crâne. Ah bon dieu le thé du chef, la poire de tonton Jules.

Il avale de nouveau un sachet de paracétamol orodispersible, avale une tasse de café que le chef est allé faire couler. Il ne soupçonnait pas que le chef ait à la fois une telle résistance à l'alcool, quoique à la fin sa langue était un peu pâteuse, et une telle connaissance des arcanes de la politique militaire en Afrique.

Ils avaient séché la boutanche, puis sa petite sœur était apparue. Martin qui ne boit que très, très, peu, pour un gendarme, a eu du mal à tenir le coup. Maintenant il se débat avec des crampes d'estomac, des remontées gastriques et un essaim de frelon sous la voûte crânienne.

Il essaie de voir s'il n'en n'a pas trop dit au Major... un interrogatoire en règle, sans aucune règle d'ailleurs.

La machine à faire défiler les souvenirs traumatisants se remet

en route. Il revoit dans sa tête les cadavres de ses compagnons d'arme découverts au petit matin. Chaleur, une poussière à étouffer derrière le masque bloquant la bouche et le nez.
Des cailloux qui roulent sous les pieds, il ne fait pas encore jour. Un hélico à signalé des corps dans une gorge resserrée menant à la colline du village.

Une demi-heure pour y être déposés et le crapahutage avec l'adrénaline qui circule à plein régime. Les sens sont tellement en alerte que les gars et les filles, il y en a deux parmi eux, s'étonnent à chaque fois des douleurs dues à la tétanisation de tout l'être à force de tout écouter.
Une veille aérienne se maintient sans qu'ils la voient où puisse la matérialiser. Mais un guet-apens dans une gorge aussi resserrée et profonde...

La sixième puissance du monde, l'ONU, le parapluie américain, etc. l'Afrique reste une pétaudière livrée aux appétits des multinationales activant des états complices, et puis il y a maintenant la chine...et en embuscade bien qu'affaiblie sur le plan international : la Russie. Les discussions vont bon train dans les popotes.

Là aujourd'hui il s'agit simplement d'aller chercher trois candidats aux housses. Deux Tchadiens des services spéciaux et un gars des forces spéciales.

Il devait s'agir d'une opération simple. Un point fixe camouflé pour espionner un village en bas d'une colline.
Dans ce patelin pourri, dans ce pays où rien ne ressemble à rien et où l'ami peut être un ennemi mais aussi un partenaire de circonstances, il ne peut y avoir d'opération simple, sauf sur le papier.
L'armée tchadienne avait un poste de contrôle à chaque entrée et sortie de la piste traversant le village. Juste des gabions de cailloux, des buses remplies de béton, quelques chevaux de frise, une cabane où le thermomètre a explosé depuis longtemps,

emplie d'une poussière endémique et sentant la sueur. Quelque chose qui rappelle les westerns désespérés sans les charognards posés sur des squelettes d'arbres ou de cactus...
Des renseignements laissaient à penser qu'il y avait là un nœud de trafics divers, dont des armes. Ces dernières, tchèques ou russes, se retrouvaient ensuite dans les mains des rebelles.
Rien de bien étrange et de nature habituelle à priori. Selon la littérature officielle : à surveiller. Pour les bidasses, du pipi de chat. Ici quelqu'un qui ne fait pas de trafic voit ses os blanchir dans le sable sous un soleil terrible, même dans la région des lacs, on trafique, pas d'économie réelle, donc...
La hiérarchie entendait se rendre compte des faits sur place très discrètement, il y avait eu quelques articles timides, une interpellation d'un vague député... alors....

Les troupes légales étaient elles fiables ? La question se trouvait posée. Une vaste plaisanterie pour ceux qui crapahutaient sur le terrain. « Amenez le fric, faites le job et foutez nous la paix... » Grosso modo le leitmotiv de la plupart des responsables officiels du lieu.

Le supérieur de Philippe, patron du renseignement du secteur, s'était opposé à cette opération, il prétendait qu'il obtenait des renseignements grâce justement aux trafiquants. Il avait fait des pieds et des mains pour faire annuler le point fixe, puis l'avait retardé au maximum. Martin soupçonnait des raisons non avouées. Un soir il avait entrevu la vérité : son chef, lui aussi, trafiquait, pas pour son compte, mais pour celui d'officines proches des milieux d'affaire. Le Tchad, débattait de la question de révision de la loi minière, et de ses rentes.
Martin l'avait su après, il devait y avoir une réunion entre les responsables économiques du pays, des représentants des factions opposées et d'un émissaire d'un grand groupe national. « Un beau pastis » avait entonné un marseillais de l'équipe en crachant dans le sable pour marquer son mépris des «politiciengues»

Mettre des observateurs autour du village ne convenait absolument pas au secret qui devait entourer cette rencontre.
Le patron du camp avait tapé du poing sur la table, lui, la politique, ça lui sortait par les trous de nez, un militaire ne fait pas de politique, scrogneugneu !
De guerre lasse le supérieur de Martin avait envoyé trois hommes avec des moyens de communication.
Départ de nuit, déposés à trois heures de marche du point fixe. Avaient-ils été repérés ? Trahis ? Martin ne le su jamais mais il avait subodoré qu'il pouvait y avoir une fuite volontaire.
Bilan, au bout de deux heures de marche, trois morts et perte de matériels sensible. Comment ? Par quels effectifs, quels moyens ? Secret défense.

Quelque chose s'était cassé ce jour là dans l'esprit de Martin, il avait senti qu'il ne pouvait cautionner cela. Et du Lieutenant au Colonel cela avait fini par une sorte de conseil de guerre à l'issue duquel il avait failli se retrouver accusé de trahison des intérêts supérieurs de l'état, d'insubordination, etc., etc.

Son supérieur, un baltringue avec des dents en pelle de boulanger, des yeux globuleux à fleur de front et de la bave aux commissures des lèvres, était venu, à la sortie de la séance, plastronner devant lui en lui crachant son venin à la face. Une tronche de cake, un gars qui avait non seulement des auréoles comme tout le monde aux aisselles, mais qui en plus puait la morue pas fraîche. Un régal pour les matous errants du camp.
La réponse au tsunami de postillons sentant la bouillabaisse pas fraîche ? Un magnifique atemi qui avait envoyé le gradé dans les bras de Morphée. Là, plus question de tergiverser : démission. Dans l'intérêt supérieur de l'armée bien entendu.
Mais le Colon, qui ne pouvait supporter le râtelier de castor, avait endormi l'affaire par une fin de contrat sans autre mention dans le dossier, de toute façon couvert par le secret défense. Il s'était même fendu d'une recommandation pour son cousin Jérôme, un pompier colon du SDIS dans un département agricole proche des

lieux de l'enfance de Philippe.

*

Ils avaient retourné ensemble, alors que le mal de tête montait subrepticement de temps couvert à grain violent, cette réflexion de base « comment un pisse copie d'un blog merdique d'extrême droite a pu avoir connaissance du dossier de Philippe Martin concernant l'armée –secret défense- et les pompiers, puisque jamais il n'y avait eu soit de rapport consultable, soit de compte rendu rédigé ? »

Entre le sixième et septième verre, Martin avait eu une illumination : Pestaguen et Rafignat.

Le premier l'avait commandé pendant ses deux séjours au Tchad et il lui avait asséné un superbe atemi des familles. Hubert Venroux de La Feuillade-Pestaguen, capitaine de son état, passé par Saint Cyr-Coëtquidan, appartenait à une famille proches des camelots du roi, son ancêtre avait fait le coup de poing en 1934 et son grand père, alors très jeune, avait flirté avec le maréchalisme. Rafignat, lieutenant de pompier, qu'il avait surpris en train de déflorer une mineure à la caserne, venait d'une filiation semblable, quoique plébéienne, son père avait aidé l'armée à faire avouer des fellaghas.
Mais bon dieu, mais c'est bien sûr, voila le lien. Puis l'esprit embrumé par les degrés de la poire de l'Oncle Jules avait passé la main en douceur.
Avec le pic-vert qui martelait son crâne Philippe avait renoué le fil.

Des tendances politiques contestables et néanmoins d'extrême, extrême, droite réunissaient pas mal de gens en France. Une sorte de confrérie particulière qui avait ses affidés dans certains milieux et qui constituaient des réseaux en porosité avec plein d'autres milieux. L'armée, voila un terreau fertile pour ce genre d'idées et donc, au travers des liens entre militaires, ce substrat permet de créer et d'entretenir ce que l'on appelle sur le net une ou des communautés.... Hubert Venroux de La Feuillade-Pestaguen appartient certainement aux mêmes cercles d'officiers et sous officiers que Niclaus. Ce dernier à titre de pupille de la nation dont le père à été tué en opérations extérieures, les Opex. Tout ce beau monde doit grenouiller, ficher à tour de bras, faire circuler l'information et les données.

Philippe Martin a du mal à comprendre, il a refusé de faire partie de tonnes d'associations d'anciens militaires, d'anciens des Opex, d'anciens quoi que ce soit... Il a fait sien l'adage de Brassens « dès qu'on est plus de quatre, on est une bande de cons ».
Pourtant là il ne s'agit pas d'un fait du quotidien, d'une astringence de la vie en société, non... quelqu'un a rompu un engagement solennel et trahi le secret-défense. Va falloir savoir qui et comment et le faire payer cher !
La guerre vient d'être déclarée.

*

Gérard Levavasseur reste et restera un homme qui a pleine confiance en lui, en ses décisions, en son parcours. Féru de chasse, un rien royaliste, il se serait bien vu gentleman provincial affublé d'un titre nobiliaire, mais déjà il était heureux comme ça. Il faut dire que cela avait mal commencé. A la fac de pharmacie il avait rencontré une jeune femme sûre d'elle mais béate devant lui. Après coup il s'était rendu compte que cette fausse oie blanche de 1ère année, alors que lui terminait sa quatrième année, avaient ourdi un plan simple. Parmi les étudiants elle l'avait choisi parce que sa famille avait de l'argent et qu'après son diplôme il allait prendre la succession de son père dans une deux officines possédées par la famille. D'après elle, il l'avait engrossée et donc il devait « réparer ». La mode n'était pas au chantage au viol ou aux actes non consentis, alors, au grand dam de la famille Paule-Amandine Barrault était devenue Madame Levavasseur. Venant d'un milieu très traditionaliste, pour ne pas dire plus, elle avait su se fondre dans le moule des cathos tradis auxquelles la famille de son mari appartenait. Avec une farouche énergie elle s'était impliquée dans la fondation, les écoles, le collègue, avait développé ça. Mais PAL, comme l'appelaient en douce ceux qui la connaissaient et travaillaient avec elle, avait un secret bien caché qui la faisait agir avec une froide détermination et une âpre pugnacité. PAL aimait, aime et aimera toujours l'argent. Elle en amasse un maximum, sur des comptes cachés, elle n'en n'a jamais assez. Alors elle trafique, elle n'hésite pas à franchir les lignes. Sans se compromettre personnellement, en déléguant, mais d'une main ferme et sans scrupule. Il existe un autre secret encore mieux gardé, PAL est dotée d'une libido toujours en demande. Gérard fait bourgeoisement son devoir, alors PAL doit suppléer, ailleurs, loin, avec des inconnus. Les paroles de l'avocat, qu'elle déteste terriblement, par leur crudité et leur manque froid de respect viennent de réveiller en elle une alarme qui lui indique que son mode de vie, ses secrets pourraient bien être en danger.

Du coup elle décide d'en avoir le cœur net de suite. Elle pénètre dans le bureau de son mari en coup de vent. Elle se fige dès le premier pas franchi la porte ouverte, Gérard est bien là, mais il discute visiblement avec Carabin. Ce dernier lance un sourire très ironique à l'entrante.

- Je faisais mon rapport à votre mari, mon mandant.

Une envie de meurtre envahi l'esprit de Paule-Amandine.

- Vous avez fini je pense, je voudrais dire un mot à mon mari.

Ce dernier daigne se tourner vers elle.

- Je pense que Maître Carabin t'a tout dit, il vaut mieux que tu restes en dehors de tout jusqu'à ce que nous ayons désamorcé les choses. Tu ne touches à rien, tu ne verses plus rien sur tes comptes secrets et surtout, surtout, surtout, tu ne vas pas baiser ailleurs jusqu'à ce que nous ayons tout arrangé.

PAL a l'impression que le ciel lui tombe sur la tête, une boule prend possession de son ventre où tout se noue, un vertige lui ôte toute possibilité de réagir. Dans une sorte d'état second elle sort, sans oublier de claquer la porte.

Carabin, le sourcil levé regarde avec une moue à la fois admirative et dubitative. Dans sa tête il pense « révolte ? Prise de position, putsch ? ». Gérard Levavasseur qui développe souvent plus de psychologie et de bon sens que ne le pensent ses interlocuteurs a vite fait de déchiffrer la moue de l'avocat.

- Je sais, je sais, vous pensez qu'il s'agit juste d'un coup de calgon, qu'après tant et tant d'années à ne rien dire, à faire le dos rond je viens d'avoir mon quart d'heure de gloire et que je ne suis peut être pas fichu de persévérer.

Il laisse passer un temps, mais l'avocat ne réagit pas, il attend la suite.

- Et bien non, non et non, ce n'est pas un coup de calgon. Écoutez bien ce que je vais vous dire. La mort de ma fille, aussi horrible et terrible qu'elle soit, elle m'atteint au plus profond, la mort de ma fille démontre que PAL a failli tout au long de sa vie à éduquer ses filles. Mon pauvre vieux, j'ai fais trois filles, si elles sont réellement de moi, avec une femme qui a le feu au cul et qui a communiqué ça à ses filles.

Il ne parle pas d'hérédité, de libido transversale aux générations du côté des femmes, non ! Il rend responsable sa femme de la libido de ses filles.

- Les trois se sont retrouvées enceintes alors qu'elles n'étaient pas mariées à des âges où une jeune fille pleine de sentiments en serait encore à espérer un flirt courtois lors d'un rallye. Comme leur mère qui m'a honteusement piégé.
- Elle vous a violé ?

La question de l'avocat n'est pas innocente, Gérard ne peut présenter sa défense selon cet angle. Et si tant d'années après, sa femme allait l'accuser de viol dans sa jeunesse. Elle passerait quasiment pour une sainte qui ensuite avait fait son devoir chrétien en donnant des enfants à celui qui l'avait ainsi forcée à devenir son épouse légitime. Gérard Levavasseur ne met que quelques secondes à réaliser.

- Non, non, vous avez raison, faut faire attention à ce que l'on dit
- Oui, vous avez fait un mariage d'amour... de votre côté, l'élément féminin dans votre famille ne présente pas les mêmes particularités que du côté de la famille de votre épouse. Il n'y a pas eu de cas semblables chez vos ascendants ?

Levavasseur cherche dans sa mémoire le front sculpté de rides d'attention. Il se détend.

- Pas à ma connaissance, mes grand mères des deux côtés n'ont eu qu'un enfant et étaient filles uniques de parents mariés sur le tard. Mes grands pères sont tous fils uniques de parents pas très jeunes et catholiques rigoristes.
- Bien, donc nous considérerons que les attitudes de votre épouse et donc ensuite de vos filles viennent de la branche Barrault. ça peut être important pour la suite
- Ah oui ?
- Oui, l'appât du gain peut être présenté comme un corollaire d'une libido débridée. Cela servirait à dresser un portrait de votre épouse qui vous mettrait à l'abri. Car cher ami quel est le point commun à ces deux tares ?

Gérard, là, botte en touche, ce genre de charade ça n'est pas dans son domaine d'investigation personnel.

- C'est ?
- Le secret, le secret vis-à-vis de tout le monde, vis-à-vis du trésor et des représentants de la loi, mais aussi et surtout vis-à-vis de ses proches et donc de sa famille et essentiellement de son mari.

Levavasseur le regarde ahuri, puis il tilte rapidement.

- Bien sûr, bien sûr, parfaitement

Il se frotte les mains tout joyeux en répétant « bien sûr, bien sûr ».

Puis soudain il se ravise, la contrariété puis l'inquiétude traversent son regard planté dans celui de l'avocat.

- Oui, mais vous croyez que nous sommes nous à l'abri ?

Il n'a pas besoin d'en dire plus, Carabin a saisi l'allusion

- Bien entendu il nous faudra être encore plus vigilants, plus accorder de place à la sécurité. Mais bon, vous n'apparaissez nulle part, vous n'êtes même pas consommateur.

Avec un geste de dégoût Gérard proteste écœuré.

- Encore heureux, mais bon j'ai des amis qui y ont recours
- Oui, bien entendu, mais aucun ne pourra dire que vous participez ou même dirigez « ça ».
- Oui, oui, bien sûr, mais quand même...

*

Le procureur vient de nommer un juge d'instruction, le juge Bonnaire, un vieux de la vieille qui est submergé de dossiers et qui, à un an de la retraite, aspire au calme. Ce digne fonctionnaire de justice a tout de suite téléphoné au Major pour lui fixer une rendez vous pour le lendemain, puis lui a indiqué qu'il attendait de lui une vraie direction d'enquête.

- Moi, je vous délivrerai les actes demandés, mais je suis complètement noyé sous des tonnes de dossiers, alors je compte sur vous, hein ? Vous comprenez nous devons marcher sur des œufs avec le barouf fait par le procureur de là-bas. Le mien ne dit rien et entend rester en dehors de ça, du coup ça retombe sur moi... et forcément sur vous».

Pelvoux sent bien que dorénavant il est seul, avec quelques hommes seulement. Faudrait peut être faire appel à la section de recherche ? D'ailleurs aura-t-il le choix ? En haut lieu on risque bien de décider à sa place ?

*

PAL tremble encore de rage et d'inquiétude, les deux sentiments qui s'affrontent dans son esprit.

- Salaud, salaud, gros connard, tête de nœud, blennorragie...

Ce sont les mots qui se carambolent dans sa tête, elle ne les dit jamais, les pense à peine, ne les prononce surtout pas, mais là les écluses sont ouvertes.

- L'enflure, il savait, il savait tout, il m'espionnait et ne disait rien, il attendait son heure comme une araignée hideuse au centre de sa toile. Maintenant va falloir se calmer et réfléchir sainement. C'est cette saloperie de Carabin, cet avocat pourri, cette fiente du barreau... cette...

Elle s'énerve encore plus, sa tension nerveuse repart à deux mille à l'heure. PAL étouffe brusquement, elle manque d'oxygène. Elle vient d'affleurer les berges du gouffre ou ce misérable à bavette entend la précipiter. C'est lui qui est derrière tout ça. Elle aura sa tête comme celle de Saint Jean Baptiste pour Salomé. Ce crétin sera offert aux regards sur une coupe à gâteaux.
Comment, pourquoi, elle ne s'est pas aperçue de cet espionnage ? Faut qu'elle appelle son contact tout de suite, il faut le prévenir, lui saura peut être quelque chose. Elle sort du tiroir secret de son secrétaire un téléphone mobile quelconque. Elle ne l'emploie que pour « ses » affaires. Il n'y a que deux numéros dans le répertoire et ils donnent accès à des téléphones jetables.

- Paul, veuillez répondre rapidement, il y a du nouveau et pas forcément du bon. J'attends votre appel rapidement.

Et M... pourquoi ne répond il pas tout de suite ?
Au bout d'une heure la colère, l'impatience et le stress lui font venir l'essaim au bas du ventre, elle sent que sa libido réclame l'apaisement. Elle ressort son téléphone. Quelqu'un répond.

- Viens c'est urgent
- A ce point là ?
- Pire
- J'accours

*

Quand Romain arrive au lieu secret des rendez vous de PAL, il n'a pas le temps de prononcer un mot, elle se jette sur lui et l'aspire

goulûment.
Au bout de deux heures, allongé sur le lit, lessivé, en sueur il écoute PAL lui expliquer l'autre but de cette partie de jambes en l'air.

- On va se faire gauler, ce connard de Martineau est à la ramasse et depuis que l'autre conne c'est faite buter les gendarmes posent des tonnes de questions. La limace qui me sert de mari m'a espionné, nous a espionné depuis tout ce temps, il sait que nous baisons ensemble, faut agir
- Agir, OK, je bute ton vieux, je bute Martineau ? je te bute ?
- Euh Martineau suffira, mais tu fais vite en bien. Pas de traces, du mystère et de la boule de gomme. T'as récupéré ?
- Un peu
- C'est suffisant baise moi comme une chienne

*

A la brigade territoriale dirigée par Pelvoux, ce dernier, ayant eu le feu vert du juge, a envoyé le Brigadier Pirrodon chercher le surnommé Tutur dans son institution et a convoqué sa mère.
Le juge a hésité, s'est fait expliquer deux ou trois fois les éléments poussant la gendarmerie à vouloir entendre le surnommé Tutur. Il a insisté pour que la mère soit là.
Cette dernière qui faisait du ménage dans les sanitaires du camping s'est affolée lorsque que les gendarmes étant venus la chercher lui ont donné les raisons de cette convocation. Il s'agit d'une brave femme encore jeune, mais épuisée semble-t-il par la vie. Quelqu'un d'humble, de travailleur et d'aimant. L'équipage qui l'emmène éprouve le même sentiment, cette femme fait face mais on la sent très fragile, redoutant toujours les coups du sort. Le gérant a dressé un beau portrait d'elle et on le sentait sincère.
Pelvoux, secondé de Martin l'accueille dans son bureau. Lui aussi est mal à l'aise, il a beaucoup de mal à expliquer ce pourquoi elle se trouve là. Martin qui sent que son chef n'y arrive pas prend la

succession doucement.

- Madame Lanfrontin, vous êtes au courant de ce qui s'est passé au camping ?

La femme le regarde un instant, fronce ses sourcils, elle paraît étonnée qu'on lui parle de cela.

- Euh oui, bien sûr ce serait difficile de…
- Vous savez que le camping est sous vidéo surveillance

Cette fois Madame Lanfrontin tique, elle regarde les gendarmes avec inquiétude. Pelvoux reprend la main.

- Vous le savez ?
- Euh ben oui, le gérant m'en a parlé
- Quand ?
- Me rappelle plus
- Vous ne pouvez vous rappeler la fois qu'il vous en a parlé ?

La pauvre femme se tortille sur sa chaise de plus en plus mal à l'aise.

- Peut être lorsqu'une cliente s'est plainte des agissements de votre fils ?

Larmes et pleurs la bouche ouverte, le corps se tasse sur la chaise et les deux gendarmes assistent à l'effondrement physique et nerveux de la mère de Tutur. Martin se rend compte qu'elle devait redouter cet instant, craindre chaque jour, chaque heure ce qui vient de se produire. Elle met un moment à se calmer, Martin lui donne plusieurs mouchoirs en papier pour qu'elle se mouche, sèche ses yeux rougis. Avec une voix de gamine au débit haché et saccadé elle dit dans un souffle

- Pourtant il m'avait promis

Les deux gendarmes se regardent, quelque chose dans la manière de s'exprimer de Madame Lanfrontin les interpelle. Ils posent ensemble la même question précautionneusement.

- Qui ? Quelle promesse ?
- Ben, de ne rien dire, il m'a montré les images, j'ai eu honte, mais vous savez,

Elle accroche le bras de Martin levant des yeux suppliants vers lui,

- Tutur il n'aurait jamais fait du mal à cette dame anglaise, mais s'il a vingt deux ans son esprit ne dépasse pas douze ans. Le professeur il a dit que souvent ces enfants là ont des instincts développés. Mais Tutur il ne voit pas le mal comme nous.
- Monsieur Vaudier vous a convoqué ?
- Oui
- Il vous a montré la vidéo ?
- Oui
- Et ?

Madame Lanfrontin se raidit brutalement, lâche le bras de Martin et regarde ses chaussures

- Et ?
- Il m'a promis de ne rien dire
- En contrepartie de quoi ?

Nouveau raidissement, les pleurs coulent sans bruit sur les joues.

- En contrepartie de quoi ? Que vous travaillez pour lui sans être payée, ou plutôt en contrepartie du fait que vous soyez gentille avec lui ? Très gentille ?

Un oui chuchoté échappe à la pauvre femme qui de nouveau est voûtée, la tête sur ses genoux. Le corps est secoué de sanglots.

- Nous réglerons cela avec lui, tonne Pelvoux les mâchoires serrées.

Madame Lanfrontin sursaute et le regarde inquiète.

- Ne craignez rien, nous lui ferons comprendre de telle manière que non seulement il ne vous importunera plus mais aussi qu'il sera trop heureux de ne pas vous ennuyer.
- Et mon travail ?
- Ne vous faites pas de souci pour ça, vous aurez d'autres chats à fouetter

La sidération se lit dans le regard de la femme qui se raidit inconsciemment en attendant une suite forcément très désagréable, elle ouvre la bouche et se tait.

Le Major Pelvoux ne se sent pas à l'aise mais il lui faut continuer tout de même, après un regard à Martin il attaque.

- C'est la seule vidéo de votre fils que Vaudier vous a montrée ?
- Non, quelques jours après une autre.

Vous savez qui était en cause ?

- Il ne me l'a pas dit, mais je vois où était la tente
- Vous savez qui occupait l'emplacement 5 ?
- Non, moi je m'occupe des sanitaires, du ménage à l'accueil et du jardinage.
- La personne qui occupait l'emplacement 5 était cette jeune femme qui a été tuée et que votre fils a importunée.

Avec un cri strident la mère de Tutur porte son poing serré à sa bouche, ses yeux expriment l'horreur, puis la colère

- C'est pas vrai, c'est pas vrai, Tutur il fait des choses, mais il ne fait pas de mal, c'est pas vrai

Et elle glisse de sa chaise pour s'étaler sur le sol tétanisée comme par une crise d'épilepsie, mais son corps se relâche et elle reste évanouie.
Les deux hommes restent sidérés, puis se précipitent, l'un sur le téléphone, l'autre, Martin, vers la femme allongée pour la mettre en position de sécurité en soulevant la tête avec un dossier.

*

Mais qui est cette Agnès Levavasseur ? Agnès Levavasseur 1

A huit ans elle avait appris toute seule à connaître les endroits par lesquels son corps lui procure du plaisir. Elle a tout de suite intégré que cela s'avérait très mal, voire diabolique, aux yeux de sa mère. Son père ? Le Vieux ? Il comptait si peu face à une volonté maternelle en acier trempé et à gifles redoublées.
Être la dernière fille d'une famille super catho tradi ce n'est pas simple et surtout si vous avez dès la sortie du ventre de votre génitrice un caractère indépendant et curieux. Au fil des années et des punitions Agnès a vite appris à ne rien montrer de ses sentiments, à toujours paraître lisse et soumise. Les yeux humblement baissés, ne se mettant jamais en avant, respectant scrupuleusement les consignes maternelles, elle a réussi à ne

jamais contrarier sa mère sauf ce jour maudit où elle a dû avouer qu'elle était enceinte. Et avec une grenouille de bénitier si rigoriste pas question d'en appeler à la jurisprudence de la sainte vierge. Si cela se trouve elle aurait mieux pris qu'on lui annonce une conversion à l'Islam… Peut être pas quand même. Et devoir lancer comme dernière affront « je ne sais pas qui est le père » valait excommunication. Il s'en est fallu d'un cheveu qu'Agnès se retrouve ficelée sur son lit en attendant l'exorciste.
A treize ans un copain de son père, ayant célébré son trentième anniversaire un peu trop, l'avait déflorée à l'arrière de son combi. Ce fut le début d'une longue errance de sa libido entre des garçons ou des collègues trop pressés qui entre deux portes la prenaient debout, une collègue lesbienne trop possessive, une mère d'élève évanescente et parfois ronde comme une queue de pelle.
Dans ses derniers mois elle collectionnait quelques relations avec plusieurs hommes du coin et un trentenaire ayant résidé dans le coin mais qui était parti loin pour le boulot.
La douceur, le savoir faire, toutes ces qualités intrinsèques d'Agnès le rappelaient régulièrement dans le coin.
Quelques jours après avoir appris son état et avant de venir dans ce foutu camping Agnès a ruminé, ruminé et surtout ruminé.
La vieille, dans sa tête elle ose lui donner ce nom, la vieille peut bien crever, mais elle ne lui foutra pas sa vie en l'air. Elle porte la vie, alors, hein, par-dessus la tête des remontrances glaciales de la vieille… « Qu'elle crève ».
Quand sa copine Chantal lui a glissé « je vois que ça ne va pas fort avec ta Moteur », elle entend par là « ta mother », Agnès à tout de suite vu le bénéfice qu'elle pourrait en tirer. D'abord le calme et un temps de réflexion, mais aussi la possibilité d'agir en secret sans craindre l'espionnage de sa mère et les hochements de têtes catastrophés de son père. En fait, Chantal offre une solution facile mais pas de tout repos. Elle se revendique Bi, dominatrice et entend faire payer une sorte de compensation en nature. Agnès n'a rien contre, mais bon…
Le Coupe-Chiasse, comme Agnès appelle en douce son

père, comme d'ailleurs beaucoup d'habitants du village qui surnomment ainsi leur pharmacien, le Coupe-Chiasse donc, ne dit rien, il ne contredit jamais la vieille, mais il se ballade avec une figure de six pieds de long. Agnès à senti qu'il était à la fois blessé dans sa dignité de notable mais aussi meurtri dans sa fonction de père. Il l'a toujours préférée aux autres, toujours très tendre avec elle et capable de cacher à sa femme quelques frasques de sa benjamine. Mais là, non, pas possible. Le quand dira-t-on, les remarques au club de golf, etc., cela fait trop à encaisser d'un coup !

Pourtant Agnès sent bien que dans un coin de sa tête il serait fier d'être grand père. Mais la vieille harpie doit lui bouffer la cervelle à longueur de journée et le rendre responsable d'une telle situation. Pour elle, seuls les autres sont coupables. Et la culpabilité pour les cathos, surtout les tradis.... Surtout chez les autres car Agnès connaît beaucoup de frasques échevelées de sa « p'tain de génitrice ».

Garder l'enfant ? Pas question d'avorter, de tuer une vie dans la famille Levavasseur. Là c'est kidnapping et exorcisme forcé. Et puis égoïstement Agnès à envie de voir ce que c'est qu'une vie de mère. Dans sa tête elle se dit qu'elle aura comme ça l'occasion de faire tout le contraire de sa mère.

Alors pour être certaine elle multiplie les tests de grossesse. Ce serait quand même idiot que tout ce barouf aboutisse à de l'eau de boudin.

Bon, c'est bien de garder l'enfant mais va falloir peut être lui trouver un père. Alors voyons, dans la période concernée depuis le dernier cycle il y a qui ? Elle ne garde en tête que les garçons parce que sinon ça n'a pas de sens. Romain, il baise bien, un peu violent, mais pas attaché du tout, il baise sa mère, il le lui a dit en riant comme un con, il s'en vante le salaud. Il dit : « ta mère est plus folle du cul que toi, aha, ah, ah ». Alors elle s'est déchaînée et lui a fermé le bec, le rendant mou comme une chiffe. Avec lui va falloir jouer fin. Paul, un peu bande mou et pas très enthousiaste dans l'action. Mais bon elle n'avait rien d'autre sous la main quand cela s'était produit...Le plus fun ? Philippe, une bonne trouvaille ce grand mec en uniforme. Il n'avait pas résisté à ses approches tout en réserve. Mais au lit elle n'avait pas connu depuis longtemps une telle satisfaction. Du doux, du subtil, tout en approche, tout en écoute.

Elle allait tenter sa chance auprès des trois, elle finirait bien par en accrocher un. Sinon elle ferait comme sa mère dont elle avait surpris le secret honteux. La vieille harpie s'était mariée avec Coupe-Chiasse dans un état intéressant... la salope ! Il y avait tant de crétins gommeux qui bavaient autour d'elle... alors le plus con suffirait sans doute. Dans les trois le moins friqué c'est le gendarme, le plus c'est Paul et le plus démerde Romain... mais aussi le plus dangereux.

Ce qui inquiète alors Agnès c'est de devoir passer de la soumission à la domination, du relatif confort de l'échine courbée à la posture de commandement. Elle se sait assez lâche et veule, jusqu'à présent sa force a été la dissimulation, mais comment fait on lorsque l'on décide seule et que l'on impose, que l'on « en » impose aux autres ?

Étape difficile à franchir et pourtant au fond d'elle Agnès sent qu'elle a l'étoffe de la vieille alliée aux faiblesses du Coupe-Chiasse. Plutôt côté vieille pourtant mais la rouerie du vieux.... Ça devrait passer...

*

Romain écoute à fond le CD d'Astonvilla, « De jour comme de nuit », cela lui recharge les batteries. Il a découvert Astonvilla lors de ses seize ans avec l'album « bonne nouvelle », depuis il écoute ce groupe avec délice et cela correspond souvent à son humeur.

Lorsqu'il a rencontré Agnès pour la première fois, cette fille si humble, le regard baissé lui a titillé le cortex orbito-frontal, Il a pensé à Astonvilla

« Et trois jours comme deux nuits
Elle n'a pensé qu'à danser
Portée par le désir

Ça m'a intéressé
Moi j'étais comme un fou
A ne penser qu'à la baiser
Elle ne m'écoutait plus
C'était à prendre ou à laisser
Comme disait Oscar Wilde
Le seul moyen d'se délivrer
De la tentation, C'est d'y céder
Ça aide »

Romain a vite percé la cuirasse, au détour d'un couloir, seuls dans cet espace restreint il s'est arrêté, elle a failli lui rentrer dedans. Il lui a soulevé le menton « faudra qu'on se parle en tête à tête tous les deux. ». Elle n'avait rien dit mais son sourire tout en dessous l'avait convaincu qu'il avait touché juste.

Une journée portes-ouvertes dans l'institution où enseignait Agnès. Paul avait depuis un certain temps rebattu les oreilles de Romain avec cette fille si simple, si chaste, si douce. En plus Romain avait les gonades en déshérence depuis quelques semaines. Alors pourquoi pas une vierge de tableau biblique à son actif ?

Il avait vite compris l'eau qui dormait sous la roche chez cette fille. Une sorte d'aimant qui vous mettait le poil au garde à vous, un aspirateur à fantasme sous une apparence de sainte. Il n'aurait pas sa vierge, mais il en aurait pour son envie. Il ne fut pas déçu sur le tempérament mais il resta extrêmement suspicieux sur la personne. La vierge Marie ne peut être une fille du calvaire sans qu'il y ait à se méfier pour le mec qui croit la dominer. Alors il prit son content et son comptant et ne demanda rien de plus. Comme disait l'autre saloperie qui lui tannait le cuir à coups de boucle de ceinturon, « qui fréquente les puces doit s'attendre à se gratter ! »

Et il pensait s'être « fait la belle à tout jamais ». Mais que l'évadé regarde bien derrière lui, l'histoire n'est jamais finie !

Il ne la vit que trois ou quatre fois, il s'agissait d'une affaire de sexe, alors il ne chercha pas à créer des liens. De toute façon

Romain ne créait pas de liens, jamais. Ça coûte trop cher et ça fait trop mal.

Malgré tout, parce qu'il se rendait bien compte que le tempérament de la jeune femme pouvait porter à conséquence il l'espionna un moment.

La belle et douce Agnès ne se contentait pas de ses quelques hommages, elle disposait de quelques soupirants. Paul, bien entendu, c'est lui qui l'avait aiguillé vers elle. Mais aussi et grosse découverte… le Titi, son copain installé maintenant loin de là. Comment Philippe Martin en était-il venu à rencontrer la belle Agnès ? Il apprit la raison par hasard en buvant l'apéritif avec un des gendarmes de la brigade locale.

- dis donc Romain, tu te souviens du fils Martin ?
- le Titi ?
- ouais, je me souviens qu'il s'était engagé dans l'armée, puis après deux séjours en Afrique il est devenu pompier

Romain qui se souvient bien de tout ça, attend patiemment ce qui va suivre.

- Eh ben maintenant c'est un collègue à moi

Tu parles qu'il est au courant, mais autant faire l'étonné.

- Ah oui, il est redevenu militaire donc
- Comme tu dis, Jeannette deux pastis bien tassés !
- Il est où ?
- A au moins cinq cents kilomètres de là, mais il a été chargé d'une enquête à propos de trafic de métaux précieux, une entreprise de là-bas en relation avec une d'ici. Tu sais la société du Paul Martineau qui fait de traitement de surface et du recyclage de métaux tirés d'ordinateurs et de trucs comme ça…

Ah ouais, tiens ? Ça fait du bien d'avoir des copains gendarmes à qui tu paies le coup de pastis. Ce crétin à képi ne sait pas que Paul et lui sont secrètement associés dans ce trafic. Va falloir mettre des chausse-trappes et des couvercles sur tout ça.

- Il est venu déjà trois quatre fois, il a eu affaire avec l'institution catho parce que justement des éléments d'ordi viendraient de là. Il cherche à savoir si le lycée ne servirait pas blanchir des quantités d'ordis.

Voila, voila... de fil en aiguille il était tombé sur la belle Agnès qui avait du lui faire son regard 37bis.

Jusqu'à présent personne ne pouvait se douter qu'une partie du budget de l'institution, toute petite, mais quand même, venait justement d'un recyclage intensif d'ordinateurs provenant de la France entière et de bien d'autres matériels n'ayant rien à voir avec l'enseignement et l'éducation, même religieuse.

Si le gendarme Martin est venu enquêter c'est sans aucun doute à cause de ce foutu Paul qui n'hésite pas à se compromettre pour le dernier petit sous. Depuis qu'il est en cheville avec des Marocains il a mis la surmultipliée. Du matériel médical sensible, des trucs pas nets venant de laboratoires, passent dans la nomenclature des produits recyclés sous l'appellation générique de matériel informatique hors d'usage.

Maintes fois Romain lui a dit d'être prudent, de diversifier les soi-disant sources d'approvisionnement.

Mais Paul reste un gros fainéant, il préfère chasser ses trésors plutôt que de sécuriser son trafic.

Va falloir mettre rapidement le haut-là !

- C'est juste pour l'enquête ou il n'aurait pas trouvé un beau petit cul dans le coin ?

Son interlocuteur manque de s'étouffer et pour faire passer ça termine cul sec son pastis, que Romain re commande immédiatement.

- Remarque je me demande un peu...on dit qu'il est souvent avec la petite Levavasseur, mais tu sais en plus d'être prof elle est gestionnaire adjointe du Lycée. Il doit forcément travailler avec elle.

Mais bien sûr mon gros, bois ton pastaga... La Miss Agnès n'a rien à voir là-dedans, elle est Gestionnaire peau de balle, oui... La responsable dans cette affaire se situe à un autre niveau pov'con !

Une chanson lui revient à l'esprit... Astonvilla bien entendu :

Je me sens bien plus

En vie la nuit

Dans ma tête de lune
Ou l'autre est le soleil
Avec plaisir je prends des risques,
Tout le power que ça donne
Jusqu'à la dernière taf du stick
J'accepte, au moins, le défi

LUCIE 2

La pauvre Martine, un peu bécasse, d'accord ; un peu fleur bleue, bien entendu ; un peu rêvasseuse, sur les bords ; avait tout de suite admis que l'on ne pouvait traiter sa reine, son exemple sa mentore (elle se disait que le féminin existe ou devrait exister), avec autant de dédain. L'abandonner pour aller sauter des négresses, jouer les fiers à bras, alors qu'elle lui avait sacrifié sa virginité (morale), offert sur le bouclier de la victoire sa prime jeunesse printanière et fleurie ? Que nenni, le sang de Martine n'avait fait qu'un tour dans son esprit embrumé. Et l'autre, ce sicaire, ce zélote (c'est tout ce qu'elle avait retenu des leçons d'histoire de la première guerre Judéo-romaine). Elle avait mieux à faire puisqu'elle faisait une exégèse du poème extraordinaire d'Hervé Vilard « Je t'aime tant » que sa mère passe en boucle depuis… on ne sait plus quand.

Qui m'a laissé cette image ?
Qui a fait un si beau visage ?
Qui est l'artiste, quel génie, quel bon Dieu ?
Je n'en crois pas mes yeux ! De ces yeux-là,
D'où vient ce bleu, ce parfum
Qui a pris mon cœur par la main ?
Qui m'a laissé cette image, ce visage
Moi qui n'attendais plus rien ?

Madame Sevreziack, Géraldine de son prénom, exerçant comme professeur d'histoire-géo et français au lycée, se désespère totalement en contemplant cette fille molle qu'elle compare à une quiche.
« Elle va se retrouver dans une merde un de ses quatre »,

est la pensée qui lui vient souvent en tête. Elle ne saurait pas distinguer un poète d'un souteneur, un escroc d'un schizophrène.

Alors souvent Madame Sevreziack admoneste Martine, la secoue, l'interroge de façon impromptue, essaie de soulever ce qu'elle appelle la crasse de son esprit brumeux. Rien n'y fait et Martine partage le mantra de Lucie « A dix huit ans je me casserai d'ici, parce que c'est le Goulag ».

Un jour qu'elle répondait ça, suite à une interrogation inopinée de sa prof, cette dernière lui avait demandé d'un air innocent « et c'est quoi ce goulag dont vous parlez ? ». Une semaine avait passé avant que Martine arrive à arracher de son esprit la honte ressentie car elle n'avait pu répondre autre chose que « ben le machin là, la hass, quand on est ghetto, non ?

- Ma pauvre Martine qu'elle inculture, vous avez déjà un vocabulaire restreint, pas plus de 300 mots, un peu comme une sauvage au temps des conquistadores, mais en plus vous en employez des termes, des concepts, que vous ne comprenez pas, je pense qu'une bonne colle pour étudier Soljenitsyne vous ferait du bien ! »

Alors quand Lucie lui a proposé l'aventure, Martine à dit Banco d'office.

La quiche, comme la surnomme Madame Sevreziack, drive une moto, que son frère à gonflée. Ce sera leur destrier pour partir en croisade et retrouver l'amour de la vie de Lucie.

Attention : planification, gestion du parcours, organisation des étapes et logistique de combat, briefings avec entraînement le dimanche...

Les filles ont mis toutes les chances de leur côté, elles ont amassé tout ce qu'elles possédaient en liquide, plus quelques extras chapardés ici ou là. Un petit magot.

L'aventure, le vent dans le visage, le parfum de la croisade, quelle excitation tout de même.

Martine doit amener Lucie à Marseille, ensuite cette dernière

trouvera le moyen de passer de l'autre côté.
A lire leurs journaux intimes la Martine des BD aurait ressemblé à du Proust.

Chacune avec son sac à dos, une provision de piles pour les torches électriques, des vaporisateurs pour les moustiques, un stock de sous vêtements en intissé, chaussures de marche, bandana pour la sueur, K-way pour les pluies tropicales, etc. ... le sac à dos, surmonté du petit boudin d'une tente Up une place, contient aussi plein de choses rangées avec science et compression.
Martine et Lucie ont passé pas mal de temps à faire et refaire le parcours, agencer les épreuves que Lucie allait rencontrer comme dans un jeu de piste, une olympiade au Lycée, un roman de Verne avec Bob Morane et Bill Balantine.
Rien de pratique, que du romanesque de roman-photo, du sous-Bebel, pour gamines restée à Enid Blyton. Le niveau intellectuel des deux laissant cruellement apparaître à quel point il est difficile de faire entrer le vrai savoir dans la tête de certains jeunes...

Bref une sorte de fugue pour cerveaux débranchés et gros cube à deux roues.

Pendant ce temps là le Grand blond avec les santiags ne décolère pas. Lui, l'établissement de listes, le rangement de choses essentielles dans un sac il s'en cogne allègrement.
Son réflexe habituel quand quelque chose le met en rogne c'est de tout péter, de faire valser, d'exploser à coup de poings, de lattes ou de marteau les objets qui l'exaspèrent ou les tronches qui lui collent la migraine.
A dix neuf ans il n'a pas encore trouvé la sérénité, la zénitude. Toute sa vie ça a été un révolté, un jamais-content parce que jamais heureux, un épidermique, un à fleur de peau.
Dans le cas présent il a déjà défoncé une porte dans un hangar qui jouxtait le chemin sur lequel il donnait libre cours à son exaspération, éclaté d'un violent coup de pied une boite à lettres

bêtement perchée sur un piquet métallique à l'orée d'un chemin menant à une ferme, balancé des cailloux à des poules courant ensuite toutes affolées dans la nature.

Un bon exercice pour se calmer d'habitude. Là ? Rien, la colère ne retombe pas.

Cette connasse de Lucie lui a expliqué hier soir son plan. Et elle ne l'a pas fait pour le faire souffrir en plus, non, mais parce qu'elle est conne comme un écluse de canal.

Il sait que s'il n'arrive pas à faire retomber la pression il va faire une connerie…

Lucie lui appartient, il en est fou, morgane, complètement fondu. Et elle se tire pour aller retrouver l'autre qui se fout d'elle comme de sa première paire de rangers.

Elle lui appartient non de dieu. Et la voila prête à faire 700 kilomètres au cul de l'autre demeurée de Martine ?

Elles vont partir dans une heure… dans une heure le bonheur du grand blond aura disparu.

D'un coup il hurle à mort pendant trente seconde faisant hurler les chiens de fermes voisines. 700 kilomètre à moto ?

Et bien non, non de non…cent kilomètres plus loin cette « connasse » ne pourra plus appartenir à personne…on ne badine pas impunément aux dépends d'un grand blond avec des santiags noires.

Le voila parti chercher son combi qu'il a retapé comme un malade, customisé à mort, bichonné encore mieux qu'une meuf. Ah bon dieu, on va voir ce qu'on va voir. Il sait où et quand il va agir, un accident sans témoin à un endroit sans visibilité et avec de bonnes possibilités de se tirer de là sans témoin.

Pour lui il n'existe que la vengeance. A aucun moment il ne se dit que ce n'est simplement pas une mauvaise fille, un peu trop rêveuse et surtout avec une soif de vivre si intense…Et un discernement déficient. Non, elle va payer grave.

La famille éplorée pleurera sur le destin tragique de cette enfant ayant fugué et peut être fait une mauvaise rencontre voila tout, non mais !

Mardi 8 suite

Tutur ne pouvant être accompagné de sa mère, que le médecin a mise en observation à l'hôpital, il est décidé par le juge de le laisser dans son établissement avec consigne de le surveiller particulièrement.
Pelvoux a gardé Martin dans son bureau. On le sent martyrisé dans son for intérieur.

- Philippe, je n'aime pas ça, mais pas du tout. Je déteste ce monde, j'en suis malade…

Martin est frappé par le visage de son supérieur qui a blanchi et parait ravagé par la douleur.
Pelvoux secoue la tête désespéré, il serre les mâchoires comme s'il voulait se briser les dents.

- Quelle vie elle a cette femme ? Vous pouvez me le dire ? Hein ? Une vie à attendre les coups, les saloperies, à traîner un gosse qui n'évoluera jamais et qu'elle aime sûrement énormément…

Il tape du poing sur son bureau, se lève, prend son képi et le pose sur sa tête. Il est tendu, l'énervement crée des horripilations aux commissures de sa bouche.

- Martin, nous sortons, faut que l'on parle.

Pelvoux conduit pendant dix minutes sans rien dire, puis il enfile un petit chemin creux entrant en forêt. Il arrête son véhicule sur un terre-plain entouré de piles de bois.

Il déboucle sa ceinture, attend qu'elle soir revenue en place et tape sur le volant.

- Bon, maintenant nous voila arrivés à un bout. Je n'aurais jamais cru que cela arriverait ou alors que cela se passerait comme ça.

Pendant cette introduction particulière, Martin reste coït. Il se rend compte que quelque chose d'important, d'inédit va se produire, il ne sait pas quoi, amis l'inquiétude le gagne

sournoisement.
Pelvoux reste un moment silencieux et sans se tourner vers son subordonné il commence les yeux fixés sur le volant.

- Philippe vous vous rendez compte que nous sommes arrivés à un bout, j'espère

Martin ne dit rien, d'ailleurs il ne semble pas que Pelvoux attende une réponse car il continue directement.

- Avant que nous en venions à ce qui nous occupe, je vais vous raconter une histoire tragique qui remonte à trente ans. J'étais jeune gendarme depuis quelques mois lorsque nous eûmes avec le major Lafarge à nous affronter au mal absolu. Je n'avais jamais été confronté au mal absolu, à une telle haine de l'être humain. Mon père a été déporté pendant l'occupation, il est revenu brisé et ne nous a rien dit de ce qu'il avait subi, il professait des idées comme l'homme ne nait pas mauvais, il le devient ensuite parce qu'il y est contraint. Pour lui les hommes mauvais entraînaient les autres. J'ai passé mon enfance à entendre ça et aussi à écouter sans cesse des discours sur la justice, l'amour pour l'autre, etc. Je n'étais pas préparé à ce qui nous est arrivé il y a trente ans quand nous avons été confrontés à Sœur Thug.
- Sœur Thug ?

Interpellé Martin n'a pu s'empêcher de poser la question.

- C'est qui cette sœur Thug ?
- Le mal incarné, une folle jeune d'une trentaine d'années, un monstre qui étranglait ses victimes avec un grand lacet passé dans un anneau. Elle attachait les mains de ses victimes, couchées sur le ventre, dans le dos et reliait le lacet aux liens des pieds. La malheureuse victime avait les jambes rabattues en arrière et le moindre mouvement serrait un peu plus le cou, provoquant ainsi une longue et atroce agonie.

Martin sursaute

- Comme pour Agnès Levavasseur !
- Exactement, vous comprenez mon émoi horrifié

lorsque ce détail est apparu me replongeant trente ans en arrière.

Un moment de silence.

- Un de nos collègues dont la sœur habitait quelques maisons plus loin que le pavillon de la dernière victime avait été alerté par sa frangine que quelque chose de louche se produisait chez sa voisine vivant seule. Il s'était rendu sur les lieux très rapidement avec un collègue. Leur arrivée intempestive avait fait fuir un homme par une fenêtre de derrière. Le collègue l'avait pris en chasse alors que son binôme défonçait la porte et tombait sur une furie qui avec ses ongles lui labourait le visage parce qu'il l'empêchait d'achever une femme ligotée sur le lit. D'un coup de poing il l'avait sonnée et ensuite menottée, il avait délivré la pauvre femme qui suffoquait, avait alerté les secours.

Pelvoux garde le silence un instant, on le sent complètement habité par son récit et tendu sur les scènes d'horreur.

- Le collègue qui poursuivait l'autre l'a vu se retourner brusquement en pointant une arme sur lui, il a fait un écart, évitant ainsi une première balle. Puis une seconde lui a traversé le bras, alors lui aussi a tiré mais en se déplaçant dans le champ labouré se trouvant derrière le pavillon, il n'a pas pu viser comme il voulait et a tué le fuyard d'une balle en pleine face. Revenu le bras en sang à la maison il a constaté qu'une sorte de furie écumante insultait son collègue qui essayait de faire respirer une jeune femme qu'il avait couverte d'une couverture de secours prise dans la voiture. Les secours arrivant, le blessé et la pauvre femme furent pris en main. Le major ayant été averti il m'emmena pour sécuriser la scène, prendre le relais des collègues.

Épuisé, semblant avoir mal à toutes ses articulations, Pelvoux se tait les mâchoires serrées. Il tape du poing de nouveau sur le volant.

- Quand nous sommes arrivés il était vers dix

huit heures trente. Nous ne sommes partis qu'à vingt et une heure. Les pompiers avaient essayé d'entraîner la prisonnière dans l'ambulance pour l'emmener à l'hôpital, ils avaient du y renoncer tant elle distribuait des coups de pieds, mordait et griffait malgré les menottes. Le procureur décida qu'un séjour en cellule lui ferait du bien et nous l'avons donc ramenée à la brigade. Les cellules se trouvaient en sous sol. Nous y avons mis la folle les mains menottées dans le dos. Le docteur Mourault, qui s'occupait de la brigade et nous servait de légiste, vint lui faire une piqûre pour la calmer et l'ausculter. Ce fut un vrai rodéo mais elle finit par se calmer et s'endormir.

Silence puis un vrai cri

- Ah pauvre de moi, ce n'est pas imaginable, non, pas imaginable.

Il semble halluciné, sa voix vibre avec comme une sorte d'écho.

- Jamais je n'aurais imaginé l'horrible spectacle qui m'attendait lorsque vers minuit je suis descendu voir comment cette femme allait.

Il prend une énorme respiration, reste bloqué comme cela, les veines du cou saillantes. Martin est complètement affolé par ce qu'il voit, submergé par cette émotion extraordinaire. Pelvoux semble sur le point d'exploser. Plus rien n'existe autour d'eux tout se concentre dans ce souffle bloqué qui brutalement s'échappe alors qu'une larme glisse sur la joue de Pelvoux qui reprend son récit d'une voix brisée.

- Elle était là, sur le bas flanc, les jambes écartées, les cuisses pleines de sang et de liquide verdâtre, enfin c'est ce qui n'apparaissait alors. Quelque chose de sale gigotait par terre, un autre paquet remuait près du bord et la femme en furie tentait d'étrangler ce qui se révéla un bébé. Elle jurait comme un charretier tout en essayant de pousser le bébé au bord du lit avec son pied pour qu'il tombe sur le sol de la cellule. Je suis resté sidéré un instant puis ayant ouvert la grille j'ai foncé sur elle, j'avoue que je lui ai asséné deux coups de poing terribles qui lui on envoyé la tête contre le mur. Elle est retombée assommée. J'ai couru crier au bas de l'escalier. Le major qui assurait la permanence avec moi avait été intrigué par les bruits bizarres qui montaient du bas. A mes cris il est descendu en vitesse. Le spectacle l'a cloué devant la grille de la cellule.

Pelvoux transpire si abondamment que Martin craint qu'il ne fasse un infarctus, son chef est tétanisé, le teint plombé. Mais avec un petit rire dérisoire il reprend sa narration.

- C'était un vieux de la vieille que le Major Lafarge, assez pudibond, très vieille France. Alors, pensez voir ce spectacle, cette femme ventre à l'air avec les choses sortant d'elle et des bébés minuscules gigotant dans le sang et des trucs bizarres, ça l'a complètement sidéré. Mais c'était aussi un grand professionnel, alors il a retrouvé son sang froid et commencé à donner les ordres. Il disait les choses froidement. « Pelvoux, allez chercher ma femme, elle est infirmière. Surtout vous ne dites rien, rien, vous m'entendez ». Moi j'étais complètement halluciné, alors j'ai fait ce qui m'était demandé comme un somnambule. Je ne me souviens que partiellement de ce qui s'est passé ensuite. Simplement à un moment je me suis aperçu que le docteur Mourault était là et disait au Major que la femme était morte d'une fracture du rocher sans doute lors de son choc terrible contre le mur.

Pelvoux se tait de nouveau, Martin ressent un froid intense, il s'aperçoit qu'il grelotte.

- Vers deux heures du matin j'ai du raconter la scène au procureur qui geignait doucement « à trois mois de la retraite, à trois mois de la retraite... un scandale pareil, une arrestation qui pouvait apporter la gloire et un scandale pareil. ».
- Mais vous n'y étiez pour rien, elle voulait tuer ses enfants.
- Oui, oui, bien sûr. Il a fallu toute la persuasion du docteur Mourault pour calmer les choses. Pensez, en

quatre vingt deux on ne parlait pas de déni de grossesse mais le docteur a su trouver les mots, montrer la taille des bébés, l'apparence de la femme, petite boulotte mais avec aucun signe de grossesse particulier. Après une demi-heure de discussion le procureur s'était calmé. La femme du Major est revenue avec les bébés lavés et emmitouflés dans des langes improvisés avec des grandes serviettes de table. Elle nous a dit qu'il fallait prendre rapidement une décision pour eux car ils allaient bientôt brailler de faim. ça a achevé le procureur qui a gémit encore plus. C'est le docteur qui a proposé la solution. Cette femme trompant la surveillance des gendarmes situés à l'étage avait attenté à ses jours et s'était fracassée la tête contre les murs de sa cellule. C'est lui qui allait de toute façon pratiquer l'autopsie alors il ne parlerait pas de la grossesse, de l'accouchement ni des enfants. Fin du dossier. Le procureur disait oui, mais les enfants ? C'est la femme du major qui a dit « confions les à des orphelinats des environs ».

Pelvoux reste fixé sur une image qui semble le paralyser, puis après un long frisson

- Nous voila en pleine nuit le Major Lafarge, le brigadier Martin et moi devant les portes d'institutions religieuses à cent kilomètres alentour pour déposer dans les bras de bonnes sœurs effarées les bébés qui commençaient sérieusement à brailler, même celui que sa folle de mère avait tenté d'étrangler. Il y a dans le monde trois hommes qui ne savent ni comment ils sont nés, ni qu'ils ont deux frères. C'était trois garçons, trois trizygotes, comme nous l'a dit le docteur Mourault. AAAAHHHH mon dieu, depuis ce temps je suis hanté régulièrement par cette histoire. Le major est mort six mois après d'un infarctus. Le procureur s'est tué en voiture alors qu'il avait plongé dans l'alcoolisme depuis la fameuse nuit. Je n'en peux plus.

Se tournant vers Martin

- Vous comprenez maintenant que nous sommes arrivés à un bout, il va falloir maintenant que vous alliez vous aussi jusqu'au bout.

Philippe reste là, tétanisé et en même temps comme dématérialisé. Sa conscience vient de percuter une météorite grosse comme sa vie, ou d'être percutée. Le moment n'est plus à l'œuf et à la poule, mais à la théorie du big bang version perso, intime, transcendantale. Qui suis-je, d'où viens-je, pourquoi j'erre ? Puissance dix, cent, mille. Toute sa vie une ombre à recouvert les moments heureux de Philippe. Et de moments heureux ? Il n'a eu que ça avec des parents aimants, solides, des rocs... enfin jusqu'à seize ans...

Comment on se rend compte que son monde s'écroule ? Il y a un bruit ? Il y a des images, On sent, on voit, on entend quelque chose du domaine de la tragédie tellurique ?

Philippe est là, assis dans une voiture hors d'âge, minable à n'en plus finir d'attendre l'euthanasie, la gendarmerie pratique l'acharnement thérapeutique sur son matériel. Il est là à côté de son Obi-Wan Kenobi perso, enfin il le comprend comme ça. Mais où est la force qui devrait être en lui ?

Chapitre 4 : mercredi 9

Lorsque Martin rentre seul à la Brigade, ce mardi soir, sa première décision consiste à demander à Velu de rechercher

dans les archives de la gendarmerie, la police et la justice ce qui à trait à une certaine «sœur Thug ».
Puis il s'enferme dans le bureau de son supérieur et fouille ses tiroirs et dossiers. Au bout d'un long moment à tout retourner il débusque dans le fond d'une boite à chaussure sous des photos anciennes un carnet noir fermé par un élastique. Pelvoux a caché ainsi le plus intime de sa vie. Avec une écriture de souris trempée dans l'encre il a consigné en termes succincts toute une carrière. Il faut de bons yeux et de la patience pour tout déchiffrer, alors Martin empoche le carnet et sort du bureau en le refermant à clé.
Velu met moins d'une heure a trouver ce que lui demande Martin. Un dossier existe aux archives. Il consiste en une compilation de rapports de gendarmeries et une compilation d'articles de presse. Le dernier rapport est signé du Major Lafarge. Le dernier article de presse, d'opposition, se borne a poser une question sans réponse ensuite : « nous cache-t-on quelque chose à propos de ces drames énormes ».
Philippe Martin a une autre mission à lui confier.

- Tu vas chercher si un certain Brigadier Martin est toujours vivant, il était en poste dans la brigade de la première affectation du Major Pelvoux, démerdes toi
- Oui chef

Là encore il ne faut pas plus d'une heure pour que Velu trouve les informations demandées en passant par le service des pensions de l'armée.

- Le Major Martin est en retraite depuis vingt cinq ans, il a quatre vingt ans et vit avec sa fille dans sa maison familiale, voila l'adresse, le numéro de téléphone chef.
- Velu tu devrais t'engager dans les services de contre espionnage
- Chef oui chef, je peux m'engager plutôt dans la fanfare s'est moins risqué en cas de fausse note ?
- Si tu veux, merci, laisses ça sur mon bureau..

Martin parait très décontracté vis-à-vis des autres, mais dans sa tête revient sans cesse la scène de la voiture et de ce qui a suivi. Une nervosité énorme le parcourt, il est comme habité par une armée de fourmis qui l'agite de tremblements qu'il contient avec difficultés.

- Comment je vais expliquer ça ?
- Quoi chef ?
- Rien, merci encore tu fais un boulot formidable.

Velu parti, Martin se jette littéralement sur les notes laissées sur son bureau.

Il regarde sa montre 19h45, une bonne heure pour appeler, les gens, surtout les vieux, sont chez eux à cette heure là.

- Allô, je suis bien chez le major Martin ?

Une voix éraillée grince dans l'écouteur

- Major honoraire jeune homme, qui le demande ?
- Gendarme Philippe Martin, major, de la part du Major Pelvoux
- feu de dieu, Pelvoux ? Celui qui débutait quand j'étais Brigadier ?
- Oui major, lui-même

Un long silence sans même un bruit dans l'écouteur, puis une respiration comme une grosse expiration.

- Il me veut quoi Pelvoux depuis tout ce temps ?
- Major, je vous l'expliquerai lorsque vous voudrez bien me recevoir
- Vous recevoir ? Ne peut pas me le dire lui-même ?
- Je crains que non, mais je vous expliquerai pourquoi lorsque nous nous verrons. Nous parlerons de Sœur Thug.
- Oh putain de dieu, faut que ça ressorte ça ?
- Je le crains major, mais j'insiste, si vous ne voulez pas que cela « sorte », vraiment il faut me recevoir et vite.
- Il y a du nouveau là-dessus
- Pas encore, mais ça risque d'émerger si je ne fais rien

Silence de nouveau.

- Vous êtes où ?

Martin lui indique

- Il vous faut deux heures de route non,
- Presque trois

- Vous pouvez partir maintenant ?
- Oui
- Bon, vous avez mon adresse je suppose
- Oui
- Je vous attends

*

Au même moment, Romain Plassard sort tout doucement de la chambre d'hôtel où il vient de rencontrer quelqu'un qui lui en a appris plus qu'il n'avait encore imaginé sur sa naissance et ses premières années. Nerveux, aux aguets il descend sans bruit l'escalier de service du petit hôtel de la Gare. Dans la cour arrière, personne. Il n'y a pas là de caméras, pas de gardien, l'établissement est tenu depuis soixante dix ans par la même famille dans une tradition n'appartenant pas à l'époque moderne. Vieille France reste le terme consacré pour décrire l'hôtel dans les dépliants.

Une froide colère habite Romain, mais elle ne lui est pas étrangère, elle vit dans sa moelle depuis sa plus tendre enfance.

Il n'aime personne et se déteste encore plus, mais l'homme qu'il vient de rencontrer l'a touché au plus intime de son être et surtout il lui a ouvert des perspectives abyssales. Les plus mauvais instincts de Romains se réveillent tout en réaction contre une peur viscérale quasi incontrôlable.

Toute la vie de Romain vient de s'éclairer d'une autre manière, il lui faut retrouver un ami de galère, un gosse de l'assistance comme lui.

*

Alors que Martin vient de partir en voiture conduite par Velu, un appel de l'hôtel du Lion d'or sème l'effroi dans la brigade. Le directeur de l'hôtel avait été alerté par une détonation au premier étage de son établissement. Prudemment il était allé frapper voir dans le couloir. En passant devant la porte de la chambre dix sept il avait senti une odeur de poudre. Étant

chasseur il ne pouvait se tromper. Prenant son courage a deux mains il avait frappé à l'huis sans obtenir de réponse. Avec son passe il était entré précautionneusement pour découvrir contre le mur face au pied de lit le corps sans vie du Major Pelvoux, la tête à moitié emportée par une balle de son arme de service. Le directeur avait immédiatement alerté la brigade.
Dans cette dernière la consternation règne encore. Mystère supplémentaire la chambre aurait été louée par un certain Méno ou Némo l'hôtesse d'accueil ne se souvient pas vraiment du nom que l'homme aurait donné, il avait payé une semaine d'avance avec les petits déjeuner, il devait partir ce mercredi. Elle n'en sait pas plus. Un grand mince et blond, voila le signalement qu'elle peut donner. Il avait juste un sac de voyage qui n'est d'ailleurs plus dans la chambre. Non elle ne sait pas quand il est parti, non les caméras de surveillance n'enregistrent pas. La chaîne dont dépend l'hôtel doit installer un système bientôt.

Le Major s'est tiré une balle dans la bouche, un geste fou, dramatique. Le Brigadier Lefranc, l'adjoint de Pelvoux prend immédiatement la direction de la brigade et de l'enquête en attendant que le procureur se rende sur les lieux avec la scientifique.

- Pelvoux était parti avec qui ?
- Martin, ils étaient sur l'affaire Levavasseur, Martin est rentré seul, il a chargé Velu de recherches dans les archives, puis ils sont partis avec une voiture ensemble. Martin a dit qu'il avait du nouveau mais qu'il fallait qu'il vérifie quelque chose, qu'il serait absent jusqu'à demain matin.

*

Dans la voiture conduite par Velu, Martin étudie le dossier sur la fameuse Sœur Thug.
D'abord il apprend pourquoi ce surnom étonnant. Un journaliste d'un journal local énonce des faits ayant trait à une attaque foirée par le couple infernal. Un jeune femme, Eve Lemesurier,

championne régionale de boxe anglaise rentre chez elle un soir dans sa vieille R5 en septembre 1980. Une femme est assise sur le muret délimitant sa propriété et servant aux compteurs d'eau, de gaz sur la voie publique. Cette femme, entre vingt cinq et trente ans, un peu boulotte, se masse la cheville. Elle interpelle Eve en lui demandant si elle peut téléphoner depuis sa maison à son mari de venir la chercher car elle vient de se fouler la cheville. Eve a un pressentiment, mais elle accepte que la femme entre avec elle. Au dernier moment, alors qu'elle va pour taper le code de son alarme Eve entend une galopade qui approche et voit du coin de l'œil un homme foncer vers la porte que la femme tient entrouverte. Du coup Eve ne tape pas le code et fonce s'enfermer dans sa chambre dont la porte est munie d'un verrou intérieur.

La suite lui prouve qu'elle a bien anticipé. La porte de sa chambre est secouée violemment par l'homme qui tente de faire sauter le verrou à coup d'épaule, puis de pied. Et l'alarme se déclenche avec des sons stridents impossibles à supporter. Eve a été cambriolée il y a deux ans, depuis elle a mis une alarme et un verrou solide à sa porte de chambre.

Eve se blottit contre le mur, accroupie, et elle fait bien car deux coups de feu retentissent, des balles traversent le bois et vont exploser une applique sur le mur d'en face, mais le verrou qui n'a pas été touché résiste aux coups.

Dans les stridences de la sirène Eve entend la femme hurler à l'homme « Robin arrête il faut partir les flics vont arriver, cette salope ne perd rien pour attendre je l'étranglerai lentement la prochaine fois »

Le journaliste au récit fait par Eve a tiré deux conclusions. La première c'est qu'il doit s'agir d'un couple de tueur, certainement celui qui sévit en France et la région depuis dix ans et qui laisse derrière lui des victimes féminines jeunes violées et étranglées avec sadisme. La seconde c'est qu'il s'agit d'un couple maléfique dans lequel les tâches sont dévolues : la femme attire les victimes, l'homme viole, la femme étrangle sadiquement. Le journaliste en veine de calembour n'hésite pas à aller loin et surnommant l'homme « Robin des bois... de lit » et la femme « sœur Thug » en allusion à la fois à frère Tuck compagnon de Robin des Bois et des thugs qui étranglaient leurs victimes avec des lacets coulissant dans un anneau. Depuis longtemps ce détail avait été révélé par la presse pour la série de crimes odieux sans solution.

- Ben dis donc des frappadingues, commente Velu à la lecture du dossier par Martin complètement sidéré par ce qu'il lit. Tu mets ça dans un roman, personne ne te crois. Il y a vraiment des barjots sur terre.
- Attends il y a peut être encore mieux dans le dossier.

Et Martin ne se trompe pas, plus il lit plus il hallucine. Velu doit être rappelé à l'ordre une ou deux fois parce qu'il regarde plus son compagnon et son dossier que la route.

- Sœur Thug s'appelle en fait Anna Kobleck. Elle est née en 1957. Née, mais a failli mourir tout de suite. Sa mère a étranglé ses deux sœurs dès qu'elles sont sorties de son ventre et était en train de lui serrer le kiki quand son mari attiré vers la salle de bain par des bruits bizarres a pu sauver la dernière sortie.
- Ah oui quand même
- Comme tu dis, tu parles d'une famille. La suite ne semble pas mieux, écoutes bien ça. Je te résume : Le mari fonce avec le bébé qu'il a arraché des mains de sa femme chez sa sœur qui habite le pavillon en face de chez eux. Le temps d'expliquer, convaincre, décider quoi faire il revient à son domicile. Il y trouve sa femme assommée par terre dans le salon, elle a tenté de se pendre à un crochet de suspension avec une corde terminée par un anneau. Il y a un gros trou au plafond. Lorsque les gendarmes arrivent ils trouvent la femme pendue sous le Carport où le couple gare sa voiture avec un mot épinglé sur le bas de sa robe de Chambre. Le mari explique ce qui s'est passé, qu'il a accédé au désir de son épouse de se pendre. Les collègues trouvent le bonhomme dans la cuisine la tête emportée par un tir double de chevrotine.

Là aussi il y a un trou dans le plafond.

- c'est écrit ça, le trou dans le plafond ?
- Non, je brode...
- La vie commençait mal pour elle dit donc.

Martin n'a pas le temps de répondre car son téléphone sonne. Le Brigadier Lefranc, dans tous ses états, hurle plus qu'il ne parle. Velu comme Martin entendent la dramatique nouvelle. Le Major Pelvoux semble s'être donné la mort dans une chambre d'hôtel.

- Où êtes-vous ?
- Sur la route Brigadier, je vais, avec Velu, voir un major à la retraite qui a travaillé avec le malheureux Major au début de sa carrière. C'est Pelvoux qui m'a chargé de la mission, ça a un lien avec l'affaire Levavasseur semble-t-il et une affaire vieille de trente ans. Le chef je l'ai laissé effectivement à la ville devant l'hôtel. Il devait rencontrer quelqu'un ayant lui aussi trait aux deux affaires, je n'en sais pas plus.
- Il n'avait pas de véhicule ?
- Non, il devait se faire ramener par quelqu'un mais je ne sais pas qui.
- Bon dieu, c'est complètement dingue et faut que ça me tombe sur les bras. Le proc est énervé comme tout, le juge m'appelle sans cesse et je ne connais rien de cette foutue affaire. Faudrait revenir plutôt que d'aller voir votre gars à la retraite.
- Brigadier nous sommes presque arrivés, une heure chez le type, deux heures et demi pour le retour, cette nuit je suis de retour et je pourrai sans doute vous faire un topo complet.
- Ah la la, cette nuit ? ah la la... bon j'avertis le proc.
- Celui la il a tellement peur qu'il se fera un jour un infarctus si le proc lui parle trop fort, plaisante Velu après que Martin ait refermé son téléphone.
- Ah oui, faut pas compter sur lui pour prendre des responsabilités.

*

Ce mercredi matin lorsque Martin rentre vers deux heures, son premier geste est de sonner chez le Brigadier Lefranc. Celui-ci apparaît en pyjama rayé gris, des babouches fourrées aux pieds. Il cligne des yeux, il secoue la tête comme s'il n'arrivait pas à se réveiller.

- Sommes rentrés Brigadier, je viens vous faire mon rapport
- Hein ? Quoi ? Ah, euh, oui, bon, j'arrive, je descends, voila

Et il referme la porte en étouffant un énorme bâillement.

Martin va au bureau, se prépare un café. Velu est monté se coucher.

Une heure plus tard un Brigadier Lefranc fleurant bon l'eau de Cologne et briqué de près arrive.

- Bon alors ?

Et Martin de lui narrer la conversation dans la voiture avec le Major Pelvoux, sa demande de rendez vous avec le Major honoraire Martin, le dossier Sœur Thug lu pendant la route et l'entrevue. Tout le long du récit qui prend un bon moment Lefranc hoche incrédule la tête tout en jetant des « ah bon, ah ben ça, j'y crois pas, c'est pas dieu possible ».

Lorsque Martin a terminé, silence total, Lefranc regarde son subordonné d'un air absent sans faire un geste. Martin le contemple en essayant du regard de provoquer une réaction. Celle-ci arrive au bout des trois interminables minutes.

- Ben dis donc, si on m'avait dit qu'un jour.

Il tape un grand coup de poing sur le bureau de Martin.

- Faut faire un rapport immédiatement, et vous mettez tout ce que vous venez de me dire. Je sens que je vais devenir fou avec vos histoires, euh bon, alors, oui, bon, euh

Et il sort comme une fusée. Martin sidéré reste un moment à se gratter la tête puis il décroche le téléphone.

Le substitut de garde au tribunal s'appelle Bastien, Martin le connaît bien, ils se rencontrent parfois à des concerts de musique classique.

- Je vous appelle car je suis face à un dilemme dans l'affaire Levavasseur. Le Major Pelvoux semble malheureusement s'être donné la mort pour une affaire vieille de trente ans qui pourrait avoir un lien avec le dossier Levavasseur. C'est compliqué et assez incroyable. Je viens de rendre compte à mon supérieur immédiat qui devant les faits m'a simplement demandé de faire un rapport sans même vous avertir. Je vais faire mon rapport mais tout ne peut pas être mis dedans, il y a des choses qui ne peuvent pas apparaître comme ça publiquement.

Silence au bout du fil. Martin se demande si le substitut n'a pas raccroché

- Bastien ?
- Je suis là, je réfléchis... Lefranc si ça grenouille trop va prendre peur, il risque de classer le rapport et de vous extraire du dossier Levavasseur. En même temps il dirige de fait la Brigade et vous êtes sous ses ordres...

Il lâche un ou deux jurons bien sentis.

- Bon, voila ce que l'on va faire, je réveille le patron, va pas être de bonne humeur, mais bon... je vais lui suggérer d'appeler le général Marek et de faire nommer en urgence un chef de brigade, comme ça nous court-circuitons Lefranc. Bon, vieux faites votre rapport, prenez votre temps, il doit y avoir plein de choses à dire, n'oubliez rien, soignez la forme, moi j'ai besoin de temps, il est quoi ? trois heures vingt cinq, faut qu'a neuf heure vous approchiez péniblement de la conclusion...

Et Martin de commencer à rédiger consciencieusement à la main. Le temps de tout retaper ensuite...

*

Romain Plassard gare sa voiture devant l'église du village. Il a fait

les cinq cents kilomètres le séparant de l'hôtel du Lion d'or, d'une traite, sauf arrêt casse-croûte, pour revenir chez lui.
Ce connard de gendarme ne s'était pas laissé tromper par son nom d'emprunt.

- Quand j'ai entendu Némo comme nom de client, je me suis dit il y avait anguille sous roche. Votre description correspond à ce que l'on voit sur les vidéos du camping. Je pense qu'il faut que l'on ait une bonne conversation tous les deux. Ah je vois que vous portez votre montre au poignet droit, vous êtes gaucher ?

Quel con ce type, qu'est ce que ça peut lui foutre qu'on soit gaucher ou droitier, l'aime pas les gauchers ?
Par contre pendant une heure il a dégoisé de ces trucs. En fait ce flic n'est pas venu par hasard, il savait ce qu'il cherchait. Faut avoir une conversation avec Philou et rapidement.

*

Lefranc tourne comme un ours en cage, il maugrée après Martin qui ne va pas assez vite, contre les collègues qui font trop de bruit, sa femme qui lui demande ce qu'il veut manger à midi

- Oui, ben moi faut bien que je fasse les courses, ben t'auras du foie.

Velu en douce glisse à Biniou « lui qui a déjà les foies ».

La scientifique vient de livrer une tonne d'informations. Du sperme sur le tapis de sol, le matelas pneumatique, le duvet et le short d'Agnès. « Une giclée alors qu'elle était attachée ». L'analyse de l'ADN est bizarre mais on peut sans se tromper dire que le donneur souffre d'un handicap mental. Les fluides corporels intimes ne donnent rien, il y a eu du gel spermicide d'employé et sans aucun doute une capote. On ne peut pas parler de viol sans autres analyses car il n'y a pas de traces comme on en constaterait dans une relation non consentie et violente. La visite domiciliaire du bungalow de Madame Lanfrontin, qui se remet doucement et à donné son autorisation, a permit de trouver deux choses sous la tente de Tutur : une culotte de femme n'appartenant pas à sa mère, histoire de taille et surtout ressemblant comme deux gouttes d'eau aux autres culottes trouvées dans les affaires d'Agnès ; une corde fine et très solide terminée par un anneau en fer. Des cellules épithéliales appartenant à Agnès Levavasseur et à Tutur ont été prélevées dessus. Le juge entend faire comparaître Tutur aujourd'hui. Il fera aussi venir sa mère.

Aucune mention des hommes à qui elle devait faire sa fameuse « surprise » n'a été trouvée dans ses affaires. Son téléphone est en cours d'examen. Les empreintes digitales appartiennent à la morte, à Tutur, au Maréchal des logis, à Philippe Martin, à un inconnu. Deux empreintes palmaires partielles se ressemblent mais on ne sait pas à qui elles appartiennent, un homme vraisemblablement. L'analyse des caméras du gigantesque parking, liant le camping, le centre nautique intercommunal, le centre communal de loisirs, le stade de Rugby Jean Moulin et la salle des fêtes Hélène Larue, ont livré des images pour les heures et minutes cruciales des allées et venues vers l'emplacement 5. Les images ne sont pas d'une qualité extraordinaire mais… on voit le premier jour un grand gaillard mince et blond, dont on ne distingue pas les traits descendre d'une Audi A5 1.8 TFSI. L'immatriculation est illisible. La scientifique souligne qu'il s'agit d'un procédé simple fondé sur l'application d'un vernis réfléchissant ou de bandes autocollantes.

Le même type revient peu de temps après l'air pressé. Pour le second jour, aux heures et minutes voulues, un homme de taille moyenne et plutôt replet apparaît descendant et remontant ensuite dans une Renault Scenic II dont la plaque permet de l'identifier comme étant Paul Martineau. Le troisième jour seule est aperçue, aux moments fatidiques, un véhicule de gendarmerie qui comme chaque jour fait sa patrouille et traverse le camping pour ressortir, sans doute comme à l'accoutumée, par la sortie de secours donnant sur un parc municipal non équipé de caméra. On peut donc en déduire que l'homme du troisième soir est soit celui du premier (il y a cette histoire de montre) soit qu'il loge dans le camping. Des recherches se

mènent dans ce sens.
Lefranc crie dans les couloirs pour savoir qui était de patrouille cette nuit là, Biniou a le malheur de lui répondre « voyez sur le tableau de service chef », il se prend une volée de bois vert, qui de toute manière ricoche sur lui. Le tableau de service n'affiche rien car de toute façon les tours de patrouille sont, étaient, décidés à la semaine par Pelvoux qui les communiquait verbalement aux gendarmes concernés. Cela dépendait des emplois du temps de chacun, des malades, des congés, etc.
Aux alentours de 9h30 alors qu'il pénètre dans le bureau de Martin qui a déjà tapé quelques pages, Lefranc est appelé au téléphone. Il décroche celui du bureau.

- Oui, qui ? oh, pardon mon général, oui mon général, bien entendu mon général, je me mettrai tout de suite à, comment oui, bien sûr des affaires courantes, bien entendu lui des enquêtes… de réformer la brigade ? ah de re former la brigade… ça va de soi mon général et quand ? ah il est en route, il ne devrait pas tarder, oui, bien sûr mon général. Le rapport de Martin, quel rapport, ah oui, bien entendu, ça tombe sous le sens, une copie rien que pour vos yeux, ah oui, la procédure, d'accord vous vous êtes arrangé avec le juge, ah oui, c'est certain mon général… à vos or… il a raccroché dis donc.

Regardant Martin

- Z'avez intérêt à vous magner, le général veut votre rapport le plus vite possible. Ah ça va changer ici des petites habitudes. Le Lieutenant qui dirige la section de recherche va venir prendre en main les deux enquêtes, puis assurer l'intérim de Pelvoux, puis re former la brigade…on va en prendre plein la gueule et vous allez voir que c'est encore bibi qui va trinquer.

Et l'air écrasé par les coups du sort il quitte le bureau, mais revient l'instant d'après

- Fissa le rapport j'ai pas envie qu'on m'accuse de traîner des pieds, hein ?

Et cette fois dignement il sort. Martin l'entend hurler après quelqu'un dans le couloir.

*

Vers dix heures et demie le Lieutenant Lissandre de la compagnie et patron de la section de recherche arrive à la Brigade.

Le brigadier Lefranc revient de la mise en place d'un contrôle de vitesse. On l'entend hurler depuis dehors contre un con qui a stationné son camping car dans la cour de la gendarmerie. En entrant il voit le lieutenant qui discute avec le planton.

- Excusez mon lieutenant, mais il fallait que j'assure la mise en place d'un contrôle de vitesse, vous comprenez, avec ce qui m'arrive, les effectifs réduits avec les congés, et cette brigade pas facile à mener, alors
- C'est bon brigadier, votre planton m'a offert un café en attendant votre retour.
- Ah, oui, c'est bien, c'est bien, bon on fait comment ?
- Comment quoi ?
- Ben votre installation, vous rentrerez chez vous chaque soir, vous comptez loger là ? il faut que je prenne des mesures selon les cas, alors vous comprenez... bien entendu nous avons deux studios pour les volontaires, les collègues en mission ou en stage, mais je ne sais pas pour un lieutenant
- C'est bon, c'est bon, je vais loger sur place
- Ah, bon alors faut que je vois avec Velu pour préparer un
- C'est bon, vous occupez de rien, ça va aller

Le ton un peu sec pique le brigadier qui se retournant vers le planton

- Qui a autorisé un civil à venir stationner son camping car dans la cour de la gendarmerie, on va encore dire que je laisse tout passer

Le planton désigne le lieutenant du menton

- Répondez, faut tout faire, tout voir dans cette brigade

Le lieutenant avec un clin d'œil au planton.

- Ce n'est pas un civil, mais moi. C'est mon camping car perso. Le temps de mettre les choses au point ici je logerai dedans. D'ailleurs il me sert souvent de bureau itinérant dans les enquêtes.

Lefranc reste bouche ouverte et regarde alternativement le planton et le lieutenant.

- Ah oui, bien sûr, en même temps je ne pouvais pas savoir. C'est une consigne du Major, avant bien sûr, il ne voulait pas de véhicules civils dans l'enceinte de la gendarmerie
- C'est bon, ça va, je veux rencontrer l'équipe d'enquête sur l'affaire Levavasseur. C'est ma section de recherche qui va prendre en main le dossier Pelvoux. Le procureur à joint les deux affaires car il peut y avoir un lien entre les deux. Conduisez-moi. Vous allez assurer les opérations courantes et administratives de la brigade jusqu'à ce que je mette en place une nouvelle organisation. Vu
- Vu, bien entendu, si vous voulez me suivre
- Je vous suis, s'adressant au planton, merci pour le café et votre accueil.

Les deux heures qui suivent se passent à présenter au lieutenant le dossier, les éléments scientifiques comme les découvertes de Martin.

- Vous allez diriger cette enquête, ma section conduit celle de la mort de Pelvoux, tous les jours briefing des deux équipes. Biniou (un vieux complice de foot) fera partie de votre team, le gendarme auxiliaire volontaire Barbier assurera le suivi administratif et logistique. Vous n'aurez de compte à rendre qu'à moi. Je suis votre supérieur hiérarchique direct. Lefranc assurera la gestion de la brigade et des affaires courantes en attendant que je mette une nouvelle organisation en place en accord avec le général. Où est-ce qu'on peut bien bouffer dans le coin ?
- Chez la Mariette, un routier à deux cents mètres de là, on y a notre rond de serviette Philippe, Velu et moi, explique Biniou

- Allons-y, tu joues toujours ?
- J'entraîne les filles de l'équipe du coin le mercredi soir et je les suis pour les matches selon le tableau des effectifs. Pelvoux était génial sur ce coup là, m'a jamais emmerdé
- En même temps être le fils du patron de la légion au niveau régional ça doit aider
- Peut être, ouais, bon on va bouffer ?

*

Romain Plassard a revêtu une combinaison étanche verte sale, protégé ses yeux par des lunettes de sécurité et recouvert sa bouche et son nez d'un masque respiratoire à cartouche filtrante. Il vient d'ouvrir un fut de 200 l d'acide chlorhydrique industriel à 34 % HCl. Avec mille précautions il en fait couler un tiers dans une grille située à côté du fut juste sous le robinet du fut. L'atmosphère est tout de suite empuantie. Lorsque le niveau est bon il apporte des sacs poubelle bien remplis et les plonge délicatement dans l'acide. Tous ne tiennent pas dans le fut dont le niveau d'acide à rejoint l'ouverture. Précautionneusement Romain referme le fut, le cercle et verrouille. A l'aide d'un transpalette il vient chercher le fut, le recule au fond de ce qui est un hangar industriel situé dans une zone artisanale loin d'être remplie d'entreprises. Il amène de la même manière un deuxième fut et pratique comme pour le premier, l'ensemble des sacs se trouve ainsi plongé dans l'acide. Le second fut va retrouver le premier au fond du hangar. Romain colle deux décalcomanies avec une tête de mort « attention ne pas ouvrir ». L'entreprise « Metalor décapage » a été crée il y a quelques années par Paul Martineau et Romain Plassard pour fondre et écouler les trésors qu'ils pouvaient découvrir et bien entendu « aider » la famille Ayouch, célèbre dans le monde entier pour son art de « travailler » l'or et l'argent. On ne connaît qu'eux au Maroc dans certains milieux. D'ailleurs ces deux derniers jours Romain, par des tours de passe-passe et la complicité d'officiels peu scrupuleux a revendu ses parts de la société, et celles de

Martineau, grâce à de fausses signatures, à la famille Ayouch, Il s'est garanti par contrat, outre une plus value de deux cent mille euros, l'usage exclusif du hangar deux de l'entreprise, dont il a fait changer toutes les serrures et renforcer le système de sécurité.

LUCIE 3

« Marseille tout droit devant », ce cri murmuré plus que poussé venait de retentir alors que Martine avait démarré au kick sa moto que les deux avaient poussée sur plus de deux cents mètres pour ne pas alerter les familles dans le lotissement.
La veille tout avait été encore une fois re et re vérifié. La carte re et re relue avec comparaison sur l'itinéraire écrit à la main.
Maintenant l'aventure commençait. Le petit matin se tendait de filaments jaunâtres vers l'est et de bancs de brume à l'ouest, vers le sud un ciel gris bleu traversé d'un trait blanc d'avion invisible hors de son panache.

La nuit n'avait pas permis de dormir ni à Lucie, ni à Martine. Peut être que même la moto n'avait pas fermé l'œil.
Lucie avait déménagé chez Martine sous prétexte de révision, mais surtout parce que la moto se trouvait là-bas et que les parents de Martine ne voyaient jamais rien avant que cela se produise, voire même après….
Il a été prévu de ne pas emprunter les grands axes et de se faufiler sur les petites départementales. Comme ça si jamais l'alerte était donnée les flics mettraient très longtemps à comprendre… enfin c'est comme cela que les deux complices voyaient le coup.

*

Le grand blond aux santiags noires connaissait le trajet puisqu'une Lucie inconsciente le lui avait dévoilé… en lui demandant ce qu'il en pensait comme si cela n'avait forcément aucune importance. Connasse !!!
Lui aussi avait tracé son itinéraire avec une première halte et

ensuite si tout se passait bien une seconde.
Le coin où il avait fixé ce qu'il appelait « rendez-vous » le grand blond le connaissait par cœur. Le bois pour la chasse, l'étang pour la pèche, les près pour les champignons et le bosquet pour la baise furtive. A 19 ans il était déjà venu un nombre incalculable de fois. Il y avait d'abord la petite départementale que l'on voyait venir de loin avant qu'elle ne disparaisse par un virage qui lui faisait aborder en bas d'une pente les bois des Prés blancs. Une légère incursion dans les premiers taillis puis la route ressurgissait en montée dans un second virage contraire. Juste à cet endroit alors que le regard du conducteur visait un point à gauche débouchait un chemin de terre à angle droit. Ce carrefour comportait de plus en plus de croix en bois, de restes de bouquets de fleurs et même un vieux casque complètement pourri.
Le chemin en terre descendait d'un talweg que la départementale traversait en diagonale et qui continuait tour doit pour border un étang alimenté par un ruisseau passant sous la route. Le combi serait bien camouflé contre les arbres ombrageant le chemin. Il n'y aurait personne de stationné là un matin de semaine. D'ailleurs c'était un lieu habituel de stationnement quand on venait braconner ou pêcher.
Le timing a été bien calculé, un combi ça ne fonce pas comme un gros cube, alors départ beaucoup plus tôt avec thermos de café, brique de jus d'orange, croissants… ces connasses ne vont pas l'empêcher de déjeuner tout de même, ah oui un œuf dur en plus. Voila, voila, première halte, marche arrière, le combi ne se conduit pas comme une bagnole avec direction assistée, mais le grand blond est un as à ce jeu. Vérification des horaires.
« Et je biffe première étape, deux minutes d'avance, maintenant un œuf dur arrosé de jus d'orange, mon gars t'es le meilleur ».

Crispée derrière Martine Lucie trouve que la moto c'est bien, mais que le tansad de celle-ci s'avère très tapecul. « Je vais avoir les fesses toutes bleues pense-telle » au bout d'une cinquantaine de kilomètres. 700 kilomètres comme ça ? Il allait falloir trouver

une solution, peut être mettre quelque chose de doux. Martine toute à l'aventure avait bloqué autant que faire se peut la manette des gaz, elles avaient de l'avance sur le plan de course. Lucie mesurait brutalement que sa croisade ne serait peut être pas une simple partie de plaisir.
Les deux sont littéralement habitées par une sorte de maelstrom de sentiments. La peur de l'inconnu, la peur des réactions parentales, la peur de l'échec, la peur tout simplement et puis l'exaltation non maîtrisée, l'impression d'agir en dehors de soi, de tout contrôle avec malgré tout une froide détermination qu'elles ne comprennent pas et qui mêle plaisir immense et sensation de gène, de douleur de décharges électriques au bas ventre...
Franchir la porte verrouillée de l'interdit et vouloir encore être une petite fille protégée, choyée... un dilemme qui draine l'adrénaline et rend dingue.
La température automnale ce matin paraissait douce dans la rue, mais maintenant que la moto fonçait comme une dératée Lucie appréciait moins le fond de l'air qui lui coupait parfois la respiration. Ce n'est pas forcément confortable de se trouver dans le dos du conducteur.
Sans le savoir les deux motardes se rapprochaient de plus en plus vite du lieu de la première halte du grand blond.

CHAPITRE 5 : JEUDI 10

Le mercredi midi a permis de mieux faire connaissance avec le lieutenant Lissandre qui a été l'instructeur de Biniou et surtout, enfin selon eux, son entraîneur chez les U16.

Distrait comme pas un, pas forcément bon dribbleur, mais qui pensait à des trucs, des combinaisons auxquelles personne d'autre que lui ne pouvait penser. Le mal de tête pour l'adversaire, mais parfois aussi pour ces coéquipiers moins rapides intellectuellement que lui.

- Pas mieux en tant que gendarme ; rigolent Martin et Velu.

Lissandre laisse pantois les trois autres par ce qu'il engouffre de pâté de tête, de terrine, de cornichon, de bavette aux champignons à volonté, de fromage, de tarte au flan. Velu ne peut s'empêcher de questionner

- Euh mon lieutenant, vous êtes gros comme un haricot vert et vous mangez autant que nous trois réunis, c'est normal ou juste pour l'occasion ?
- Normal, et là je me retiens, je peux manger ce que je veux, parfois comme quatre, pas un gramme de plus
- Ah ouais quand même

Lissandre entend aussi entre le fromage et le café parfaire un peu les connaissances de l'équipe.

- Il y a ce que l'on voit, ce que l'on croit voir, ce que l'on devrait voir et ce qui n'existe pas. Un bon enquêteur voit avec ses yeux, pas avec ses oreilles, pas avec sa tête. Il y a ce qu'il faut voir, ce qui existe, ce que vous pensez voir, ce que vous entendez voir et ce qui n'est pas. Ceci doit guider chacun de vos actes, chacune de vos pensées, chaque réflexion et vous dicter chacune de vos conclusions. D'ailleurs une conclusion ne peut exister de par vous-même, seulement du consensus du travail d'une équipe... d'accord ? bon je reprendrais bien une part de tarte, moi !

- Concrètement ça se traduit comment ?

Lissandre prend son temps pendant que Mariette vient lui resservir une part de tarte, toute fière que quelqu'un d'aussi prestigieux, apprécie sa cuisine et sa pâtisserie.

- Prenons un exemple simple. Un véhicule de fonction de la gendarmerie entre dans le camping deux ou trois minutes avant qu'une visite, dont nous ne savons pas grand-chose, se produise à l'emplacement 5. Les caméras de vidéosurveillance sont tellement mal positionnées que les allées qu'emprunte ce véhicule ne sont pas réellement couvertes. Ainsi nous voyons passer une moitié gauche d'un véhicule dont on peut être assuré qu'il s'agit bien de celui de la gendarmerie, puis juste un bas de portière sans rien d'autre. Malgré tout nous nous disons, okay, on voit peu, on voit mal mais on suit le véhicule...d'accord ?

Les trois autres acquiescent.

- Bien, sauf que pour l'emplacement 5 on ne voit rien, pas de voiture, pourquoi ?
- Elle s'est arrêtée ?
- Dans un angle mort ?
- Peut être
- Vous pouvez être certain de ça ?
- Ben, on y pas pensé
- N'y pensez pas, le camping représente une brassée de fleurs, comme des marguerites, regroupées autour du point central, l'accueil, alimenté par une allée venant du grand parking extérieur, d'accord ?
- Oui, c'est ça
- Il existe une sortie de secours pour les services de sécurité ?
- Oui juste au centre de l'allée entre les secteurs trois et

quatre où se situe l'emplacement 5

- Est il visible des caméras ?
- Non il est caché par trois gros résineux à droite de l'allée en allant au secteur quatre, ça donne sur une allée du grand parc municipal de l'autre côté du camping.
- Okay, donc on peut supposer que le véhicule est sorti là ?
- Ben oui, c'est ce que l'on fait à chaque tournée, intervient Martin
- Donc pour vous la vérité s'impose d'office, le véhicule, comme a chaque fois a traversé au pas le camping, est ressorti comme à chaque fois
- Ben il n'y a pas d'autre solution

Lissandre vient de terminer sa part de tarte au flan et parait sidéré que son assiette soit vide.

- Oui, bon, bien, tout un chacun pourrait résonner comme vous. Sauf que nous non... est-ce que la voiture ne s'est pas arrêtée dans un angle mort et que son conducteur, ou son passager ne sont pas allés ensuite à pied dans l'allée menant à l'emplacement 5

Les trois se regardent, Biniou secoue la tête avec un air de dénégation farouche.

- Non, non, attendez ce sont des gendarmes, des collègues dont vous parlez.

Lissandre les contemple avec un air amusé

- Bon alors remplaçons le véhicule des gendarmes par une voiture quelconque, un type lambda, est-ce que vous seriez aussi sûrs de votre indignation ?

Et les trois de rester abasourdis. C'est martin qui rompt le silence.

- Non, effectivement, mais cette fois là c'est moi qui faisais la tournée.
- Bien, votre collègue pourra témoigner que vous ne vous êtes pas arrêté dans un angle mort ou que vous n'avez pas garé votre véhicule dès la sortie et n'être pas revenu subrepticement à pied ?
- Ben non, j'ai fais la patrouille seul car il n'y avait pas

assez d'effectifs présents.

Lissandre triomphe

- Messieurs vous comprenez par ce seul exemple ce que je vous ai dit tout à l'heure : Il y a ce que l'on voit, ce que l'on croit voir, ce que l'on devrait voir et ce qui n'existe pas. Un bon enquêteur voit avec ses yeux, pas avec ses oreilles, pas avec sa tête. Il y a ce qu'il faut voir, ce qui existe, ce que vous pensez voir, ce que vous entendez voir et ce qui n'est pas. Retenez bien ça.

*

Avec Tutur et sa mère cela manque de virer au drame. Il faut trois fois interrompre la comparution devant le juge, faire même la deuxième fois alerter son psy référent.

Ce qu'il ressort des six heures dans le bureau du juge tient en quelques presque certitudes.

« Tutur aimait bien la dame, elle était belle, elle avait de belles culottes, Monsieur le gérant était méchant avec maman, des hommes étaient venus chaque soir voir la jolie dame, oui trois deux pareils et un autre moche. »

- Deux pareils ou deux qui se ressemblent ?
- Des pareils, mais pas pareils, j'ai eu des chats, ils se ressemblaient mais ils n'étaient pas pareils tout le temps, des fois oui.

En dehors de ces considérations éthologiques, on ne peut rien en tirer de plus.

Tutur se montre très intéressé par les images de vidéo le concernant, il revit en fait chaque seconde de ses périples nocturnes, se raidissant lorsque sa mère apparaît pour le ramener, lorsqu'il se cache parce que quelqu'un approche de l'emplacement 5.

Le plus instructif réside dans la période de panne électrique. Tutur raconte que le type pas pareil que l'autre est revenu, puis reparti. Après lui, Tutur, est rentré sous la tente ouverte, la jolie dame était couchée sur le ventre avec les pieds en l'air elle

dormait sur le ventre. Alors il a fait pliitchhh.
Sa pauvre mère a un cri désespéré

- Tutur, tu n'as pas fais ça ?

Tutur se bloque dans un monologue sans fin tour en se balançant d'avant en arrière. Le psy rigole très fort

- Ah bon, tu as fait pliitchhh

Tutur le regarde par en dessous.

- Oui Tutur a fait pliitchhh
- Bien et la dame elle a dit quelque chose ?
- On aurait dit qu'elle parlait en dormant, comme maman qui grince des dents, ou Patou qui dès fois pète en dormant.

Et les deux de rire, la crise est désamorcée. Le juge assiste à cette scène sidéré, il a du mal à reprendre l'interrogatoire ensuite.

- Tutur ensuite est sorti, revenu à sa tente, puis comme le pliitchhh pas endormi Tutur, Tutur est revenu après, longtemps. Le monsieur pas pareil sortait de la tente, m'a regardé, m'a souri, a jeté quelque chose dans la poubelle plus loin. Tutur allé voir et pris, une corde avec un anneau, Tutur il aime bien les cordes avec un anneau.

Le juge, harassé par cet interrogatoire, s'avère un homme simple, sans complication, mais avec quelques préventions concernant les « psys ».

- Bon, je veux bien, mais quand même aller se masturber au dessus d'une femme ligotée à l'agonie.

Le psy désespéré essaie de faire comprendre au juge que pour Tutur cela ne recouvre pas nos réalités, qu'il ne voit pas les choses comme tout le monde, que jamais il n'aurait pu faire du mal à un être humain.
Madame Lanfrontin hurle dans le bureau, son fils se réfugie dans un monologue de plus en plus violent, le psy essaie de calmer tout le monde et le juge effrayé s'est reculé vers de mur de son bureau et recherche des yeux le soutien des gendarmes présents qui ne savent que faire.
Il est décidé que Tutur sera sous surveillance policière dans son établissement. Le juge en a des sueurs froides d'avance.

*

Pendant ce temps Lissandre et Martin lisent les notes laissées par le Major Pelvoux.

- Lieutenant, dans mon rapport il y a des points que je n'ai pas abordés officiellement, il faut vraiment que je vous en parle en aparté.
- Le contraire m'aurait surpris, pourquoi aller voir un retraité de la gendarmerie alors que tout doit être consigné dans les rapports de l'époque ? D'ailleurs dans celui que vous venez de me remettre faut dire que certains points demeurent obscurs, ou disons simplement pas liés vraiment au fond de l'affaire. Donc je vous écoute, je verrai ensuite ce que l'on est fait.

Pendant plus d'une heure Martin rappelle les confidences de Pelvoux, en partie corroborées par le Major honoraire Martin. Il explique ce qu'il a lu du dossier de Sœur Thug.
A la fin Lissandre regarde Martin sans parler pendant deux ou trois minutes.

- Martin, j'ai vu votre dossier, un gars engagé volontaire dans la marine pendant cinq ans, services exemplaires, esprit clair et créatif, mais cartésien. Ensuite huit ans dans les pompiers et depuis deux ans dans la gendarmerie. Élément remarqué par ses qualités et son esprit, partout bien noté. N'importe qui m'aurait servi votre histoire je le faisais colloquer comme affabulateur ou simulateur. Pourtant là je sens au fond de moi qu'il s'agit bien d'une réalité dramatique et complètement hallucinante.

Un grand moment de silence.

- Bon voila ce que l'on va faire… on va approfondir le dossier Sœur Thug tout en travaillant à fond celui d'Agnès Levavasseur. Mon équipe fera de même puisque tout paraît lié. Nous verrons en avançant si cela se tient ou si cela appartient aux fantasmes d'un militaire post traumatisé par ce qu'il a vécu il y a trente ans. D'accord ?

Et les deux de se plonger dans les notes de Pelvoux.

- L'avait avancé votre chef. Auberge du Cygne d'or, un certain Martineau, souligné en rouge, mention : peut être deuxième visiteur. Euh Martin vous suivez ?

Philippe Martin semble complètement ahuri, il garde les yeux dans le vague, la bouche ouverte.

- Quoi ? comment ? ah oui, euh j'en étais à ce que vous m'avez dit, bon, oui, Marteau vous avez dit ?
- Non Martineau à l'auberge du Cygne d'or, dites donc dans le coin l'hostellerie est toute estampillée en or ?

Martin sourit à la saillie du lieutenant.

- Il y a aussi les Pigeons d'or un gîte rural et la Colombe d'or un motel à la sortie de l'autoroute. C'est vrai ce que vous dites on ne voit pas forcément ce que l'on regarde, ça ne m'avais jamais frappé auparavant. Donc Marteau
- Non, pas Marteau Martineau, Paul de son prénom, on peut appeler l'auberge.

A l'auberge la réceptionniste, qui est en même temps la patronne et la cuisinière confirme qu'il y a bien un client répondant au nom de Martineau. Cet homme, qui correspond à la description, a payé d'avance la semaine, il est parti mardi en disant qu'il allait revenir sûrement le soir ou à défaut le lendemain matin. Il n'a pas commandé de dîner. Depuis pas de nouvelles, mais bon il a pu être retardé. Ses affaires sont toujours là, la femme qui fait les chambres les a encore vues ce matin. Un homme doux, souriant, discret, peut être un rien inquiet, toujours sur son téléphone, assidu aux informations de la télé. Non elle ne sait pas ce qu'il fait dans la vie, il n'est sorti qu'un soir, sinon il a passé tout son temps sur son téléphone et son ordinateur parce que l'auberge offre le wifi à ses clients.

- Mon mari le trouve un rien taciturne, moi je pense que c'est un homme qui doit travailler beaucoup, même en vacances, vous savez des types pour qui il n'y a que le boulot qui compte. Quel soir il est sorti ? Euh, ben le deuxième soir qu'il est arrivé, oui c'est ça, je regarde mon planinge des repas, c'est bien le deuxième jour qu'il est arrivé. Si j'ai son numéro de téléphone ? Bien sûr il m'a appelée pour réserver, j'ai noté son numéro»

Et cela correspond effectivement au soir où la voiture de Martineau a été vue sur le parking et où un homme, correspondant peu ou prou à sa description, a été vu rendant visite à Agnès Levavasseur.

Le Lieutenant regarde Martin,

- Faut en savoir plus sur ce fameux Martineau qui semble avoir décampé à la hâte tout en évitant de donner l'alerte.
- Nous avons l'immatriculation du véhicule, le numéro de téléphone, on va mouliner tout ça, Biniou peut foncer maintenant.

Le lieutenant apprécie l'esprit organisé, pratique et précis de Martin, en même temps il sent qu'il y a beaucoup plus derrière le personnage qu'il accepte de montrer. Lissandre possède un cerveau qui ne s'arrête jamais de fonctionner même en dormant. Il classe tout dans sa mémoire et possède la rare qualité de pouvoir instantanément tout mettre en perspective. Il a fait sienne la maxime de Sherlock Homes « Lorsque vous aurez éliminé tout ce qui est impossible, il ne reste plus que la vérité, quelque improbable qu'elle paraisse. »

Biniou est immédiatement chargé d'enclencher les recherches

Martin se concentre avec Lissandre sur l'identification du fameux Némo qui semble devoir être à la fois un des visiteurs nocturnes d'Agnès et la dernière personne à avoir vu le Major Pelvoux

.

*

En milieu d'après midi, Biniou obtient la liste des appels reçus et passés par le portable de Martineau. Au moment approximatif indiqué par l'aubergiste un numéro entrant correspond à une carte prépayée dont le détenteur est inconnu.

L'opérateur qui lui fournit les fadettes va lui envoyer aussi le bornage du téléphone pour le mardi du départ de Martineau.

A 17h30 un mail apporte la réponse attendue. Biniou reporte les bornages sur une carte routière de la région et fonce dans le bureau de Martin. Lissandre est heureux des nouvelles apportées.

- Je ne suis pas du coin, dressez moi l'itinéraire.
- Voyez la brigade est là. Les bornages vont de l'auberge en direction du nord est, puis obliquent au nord, tournent à l'ouest, reviennent un rien au sud et foncent directement en ligne droite à l'est.
- Ben pourquoi tourner autour du pot ainsi ?

Philippe Martin a une réponse.

- Déceler une filature sans doute

Lissandre le regarde, et avec un sourire

- Un quidam quelconque irait d'un point A à un point B directement sans s'emmerder… sauf s'il se trompe régulièrement de route. Je crois aussi à votre hypothèse.
- Surtout, ajoute Biniou, que pour aller là où ça arrête de borner il faut normalement trois quarts d'heure en roulant normalement. Regarder la chronologie il a mis une heure et quart.
- Et il n'a pas bougé depuis ?
- Ben pas avant mercredi minuit. Faudra que je demande que l'on me fournisse les mêmes informations pour les jours suivants.

Lissandre réfléchit un moment, avec l'air de peser le pour et le contre.

- On va faire ça, mais avant, ou juste après que vous ayez fait la demande on va partir faire un tour de camping car.
- On prend des vacances ?, plaisante Biniou

Une demi heure après, Lissandre au volant, Martin sur le siège passager et les deux jeunes, Biniou et Velu, dans les sièges derrière, le camping car, une belle bête, démarre sous les yeux ahuris du Brigadier Lefranc qui hoche de la tête d'un air désolé. Au bout d'un peu plus d'une demi-heure le véhicule arrive à proximité d'un établissement installé au fond d'un parking en terre. Biniou tape sur l'épaule de Martin.

- Philippe tu te souviens ?
- Oui, oui, le ministre, se tournant vers Lissandre, faut stopper là. Il y a un an nous sommes venus avec des gendarmes de toute la région sécuriser la visite d'un ministre, avec secrétaires d'état, Préfet, sous Préfet, Sénateur, députés, Maires, etc. Ici c'est un atelier de joaillerie
- En pleine nature ?
- On dirait comme ça, il y a au moins huit caméras dehors quatre à l'intérieur et tout est relié à la gendarmerie la plus proche ainsi qu'à une société de sécurité.
- Toute la clique est venue visiter ça ?

Lissandre parait asse incrédule devant l'aspect peu important et peu redoutable de l'établissement.

- Non c'était une étape seulement, ils ont visité des usines, des fermes, des médiathèques et on mangé dans un restaurant étoilé un peu plus loin. Mais nous avec Biniou nous avions pour mission de sécuriser le chemin agricole qui vous le voyez descend là sur le côté du parking, nous devions empêcher quiconque de l'utiliser dans les deux sens.
- En fait il ne mène qu'à une vieille ferme abandonnée depuis des années et à des étangs. C'est une bagarre de famille autour de l'héritage, alors ça devient la jungle, explique Biniou.
- Nous avons eu pour mission de reconnaître le chemin qui descend au cœur du talweg côté Ubac, puis après un kilomètre au milieu des haies remonte côté adret jusqu'à un plateau peu large au début mais qui après un passage entre deux petites collines s'élargit jusqu'à rattraper à cinq kilomètres de la une autre départementale. La ferme est derrière la colline de droite dans une sorte de combe, une dépression du plateau, il y a deux étangs assez grands recouverts de lentilles d'eau.
- Et Martineau aurait pu se réfugier là ?
- Nous le saurons en y allant

Lissandre redémarre le moteur tout en demandant à Biniou de formuler les demandes de visionnages des caméras de l'établissement.

- Demande depuis dimanche jusqu'à aujourd'hui, on ne sait jamais.

Il s'agit d'un chemin cahoteux parcouru en temps normal par de lourds tracteurs et des remorques. Le camping car avance doucement et pourtant les passagers sont tous très secoués.

Après un temps infini pour les reins des passagers le camping car s'immobilise à la limite de la cour devant les bâtiments d'aspect vétuste. En faisant un grand détour à cause de la boue, les quatre hommes, se tenant sur leurs gardes, arrivent devant la porte d'entrée. Lissandre frappe au carreau et la porte s'ouvre toute seule, elle n'est pas verrouillée.
La visite du logis, des greniers, des granges ne donnent rien, on sent bien que personne n'habite plus là depuis longtemps.
Pourtant le lieutenant ne peut s'empêcher de trouver certaines traces de pneu dans la boue assez suspectes. Certaines paraissent relativement récentes, pas figées.
Ayant interrogé Biniou sur la météo dans le coin les jours derniers il en conclu que ces traces ne datent pas d'avant lundi.
Le roulement de véhicules mène à un premier étang.

- Remarquez que l'on voit là les traces de deux véhicules différents. L'un des deux est beaucoup plus lourd et à mon avis vu les traces c'est un 4x4. L'autre peut être la Scenic II de Martineau.

Les quatre hommes regardent autour d'eux, s'approchent de l'étang, il y là aussi des traces sur une sorte de plage boueuse.
Instinctivement Velu prend une brique dans un tas un peu plus loin et la jette dans l'eau sous les yeux interloqués de ses compagnons. Un bruit bizarre naît de la pénétration de la brique dans l'eau verte et opaque. Du coup Lissandre va chercher une pierre plus grosse et plus lourde. En prenant son élan il la jette aussi loin que la brique. Le bruit est plus net.

- Du métal, je vous parie que c'est une voiture. Velu, au

camping var, dans le coffre côté gauche, il y a une grande corde avec un gros morceau de ferraille, c'est un aimant, voila les clés, fissa.

Ayant acquis la certitude qu'un véhicule gît sous l'eau, et n'ayant pas réussi à récupéré l'aimant resté collé au métal, Lissandre a appelé sa section de recherche qui a alerté un spécialiste. Le juge a donné son accord à l'opération.

Vingt heures sonnent au loin quand une grue tire hors de l'eau une Scenic II, celle de Martineau.

Quand toute l'eau est sortie du véhicule, l'homme qui vient de sortir de la cabine de la grue appelle les gendarmes.

- Eh là, y a un macchabée dans la bagnole.

Les quatre se précipitent en posant tous en même temps la même question : « Martineau »

- C'est quoi cette connerie, tonne Martin, c'est le vigile du camping, qu'est ce qu'il vient faire dans cette histoire ?

Après descente du parquet, du médecin légiste et du juge, quand le cirque est terminé et que les collègues de la brigade voisine sont venus monter la garde, les quatre vont dîner, il est vingt deux heures trente dans un restaurant connu du coin, pas très à cheval sur les horaires de service.

La conversation va bon train. On passe en revue tous les éléments, la surveillance de la vidéo par le vigile, ce qu'il a pu comprendre, voir, à quoi il a pu assister.

- Mettons qu'il soit venu voir ce qui se passait sous la tente avec ces visites qui se succédaient. Rien ne nous dit qu'il était toujours devant les écrans. Je reconstituerais bien ça comme ça, énonce le lieutenant
- Vous pensez à du chantage ?, interroge Martin
- Pas forcément il a pu être vu par le criminel qui aura ensuite pris contact avec lui ou l'aura attaqué.

La tarte aux pommes interrompt la discussion.

- Ok, commence Biniou en aspirant juste après une longue goulée de café, mais Martineau ? pourquoi laisser sa voiture avec la macchabée ? Il n'est pas si con qu'il pensait qu'on ne découvrirait pas sa bagnole ?

- A part la composition hasardeuse de la phrase je suis assez d'accord sur le fond, plaisante Lissandre, si, et je dis bien -si- c'est Martineau le coupable de la mort du vigile… au fait il s'appelle comment ?

Les quatre de se regarder… Eh bien oui au fait on ne sait pas, dans les rapports, dans les questionnements à Vaudier on parle du « vigile de nuit ».

- Là les gars je ne vous félicite vraiment pas, Velu appelle le camping, il y a forcément quelqu'un à l'accueil, demande le nom, l'adresse, fissa. Donc je continue si c'est Martineau le coupable de la mort du vigile il peut penser que petit a) dans ce coin on n'ira pas chercher et qu'on ne pensera pas à l'étang, petit b) que si l'on trouve la voiture avec la cadavre on perdra du temps à comprendre et que peut être on pourra penser que lui aussi a été victime car il n'aurait pas sacrifier sa voiture, petit c) Martineau est aussi une victime et l'on essaie de nous aiguiller sur lui pour que nous ne cherchions pas dans une autre direction.

Martin lève le doigt comme un élève sage.

- Si Martineau est une victime, la mort du vigile pourrait démontrer que Martineau n'est pas l'assassin d'Agnès Levavasseur.

Le lieutenant Lissandre sourit en regardant Martin « ce type à vraiment un esprit vif et précis, c'est un instinctif ».

- Oui et alors, ça suggère quoi ?
- Que nous avons un assassin en chaîne dont nous ne connaissons rien
- Et qui pourrait être n'importe quel client du camping ?
- Ou Némo

Tous s'arrêtent soudainement à cette interrogation. Une autre réponse vient à l'esprit de certains, mais elle ne cadre pas avec le reste : « ou Tutur ».

- Conclusions : tout sur le vigile depuis dimanche, tout sur les vidéos de l'atelier de joaillerie, liens de Martineau avec tout ça.

Le lieutenant paye et l'on remonte dans le camping car.

Lucie 4

Le grand blond venait de s'enfiler son œuf dur, boire son jus d'orange et laisser doucement descendre une tasse de café lorsqu'au loin sur la départementale apparaissant dans le paysage apparu une moto.
« Bon dieu elle fonce, déjà elles ? »
Les jumelles pointées, pas de doute possible la moto qui vient à fond de caisse est bien celle de Martine.
« Bon dieu elles n'ont pas traîné ».
Le temps de refermer le thermos, de s'asseoir derrière le volant et de lancer le moteur elles ne vont pas tarder. Il amène l'avant du Combi, renforcé par une plaque de métal soudée sur le pare buffle, au ras de la route. Par la vitre baissée il entend la moto négocier le virage dans le bois, il a à peine le temps de lâcher le frein à main que la roue avant pointe son nez. Il appuie comme un malade sur l'accélérateur et dans un hurlement de bête blessée le combi bondi sur la moto qui arrive. Le choc est énorme, le combi cale sur le coup en se mettant en travers de la départementale. Il a du mal à le redémarrer alors qu'il suit le vol plané de la moto avec ses deux pantins accrochés l'un à l'autre.
Le chemin de terre reprend de l'autre côté de la route, il passe entre un éperon rocheux auquel viennent s'accrocher les clôtures du pré voisin et une butte boisée au pied de laquelle coule le ruisseau.
L'engin et ses deux passagères vont se fracasser contre la pierre avec un bruit incroyable tout en répandant des bouts et des éclats. Puis action-réaction le tout va retomber au pied des arbres.

Il a réussi à redémarrer et à avancer son combi dans le chemin. Pendant une demi heure en priant que personne ne vienne le déranger il charge la moto, les deux corps dans son véhicule où il a étalé une bâche verte et par-dessus un tissu ignifuge volé dans un atelier proche de chez lui.

L'essence a coulé du réservoir éclaté, il n'en reste plus, mais on ne sait jamais et puis le moteur est encore très chaud.

Les deux filles n'ont pas eu le temps de souffrir les deux énormes chocs successifs les ont tuées net.

Ayant tiré les rideaux aux fenêtres il se remet au volant et entreprend de suivre le chemin. Il connaît à cinq kilomètres de là un trou, ce que les gens du coin appellent une craque, profond de plus de cinquante mètres où les paysans viennent balancer des cadavres d'animaux non remboursés.

Personne ne viendra chercher là les filles et leur engin. Mais faut y aller, et il y a encore du boulot pour tout balancer y compris la bâche et le tissu ignifuge.

Une fois fini, la vengeance sera accomplie et les deux connasses auront fugué sans qu'on les retrouve.

Sa rage n'a pas disparu, la détente n'est pas venue. C'est l'histoire de toute sa courte vie : être abandonné par les femmes. Sa mère, forcément une salope qui l'a abandonné à la naissance. On ne lui a jamais rien dit sur le sujet, mais ça ne peut être autrement. Les pouffiasses des familles d'accueil, les grosses connasses des services sociaux, toutes, sauf une, toutes l'on traité comme un déchet, comme un bout de viande, comme quelque chose qui peut rapporter du fric. Alors non et non ni remords ni regrets et tant pis si la rage est toujours là, c'est son moteur dans la vie.

Après les avoir chargées il a passé un coup de balais de cantonnier pour dissimuler un peu les traces.

Dans sa tête se pressent uniquement des pensées pratiques pour ne pas se faire prendre, pour que son crime ne soit pas découvert. Mais il n'éprouve ni remord ni regrets. Il ne sent aucune culpabilité le tarauder. Elles ont joué contre lui, elles ont perdu, point.

Maintenant il joue contre le reste du monde et ne doit pas

perdre. C'est pour lui la seule chose importante. En plus il se sent heureux que Johnny belle gueule ne puisse pas posséder celle qui l'a rejeté, lui, le grand blond qui pour une fois dans sa putain de vie ressentait de l'amour.

Bien fait, mon pauvre gars tu as toujours eu ce que tu voulais, de l'amour, des attentions, jamais de coups de ceinturon et compagnie, maintenant tu vas savoir ce qu'est souffrir....

CHAPITRE 6 : VENDREDI 11

Et puis non, rien n'est si simple dans cette affaire. La section de recherche, la scientifique, les fichiers n'y mettent pas du leur. Les quelques empreintes retrouvées ci et là sur les diverses scènes de crime ne donnent rien de précis. L'ensemble des traces digitales ou palmaires partielles pourraient être celle de Martineau comme d'un garde champêtre ou d'un retraité lambada. Il y a de plus fortes présomptions que cela désigne Martineau, mais aussi un fameux deuxième ou troisième homme.

A la brigade on se désole, à la section de recherche on fait le dos rond. Des avis nationaux de recherche, on attend le retour d'Interpol, parviennent à toutes les brigades et les commissariats avec un portrait robot de Martineau et une silhouette d'un possible suspect relativement indéchiffrable.

De plus le juge n'en démord pas il faut confronter Tutur et savoir ce qu'il a exactement fait. Le psy de son établissement propose une séance d'hypnose, Tutur en a déjà fait une qui a beaucoup améliorer son état, d'après lui. Le juge hésite, il veut s'en tenir aux bonnes vieilles méthodes, mais en même temps il sent bien qu'avec Tutur les bonnes vieilles méthodes ne sont pas très adéquates.

Pour le vigile à contrario l'équipe de Martin avance, mais sans vraiment comprendre son rôle dans ce dossier.

Le premier proche retrouvé a été son épouse. Là surprise du chef, elle ne sait rien de rien et ne vivait plus avec lui de puis plus d'un mois.

Vaudier, le gérant du camping ne sait rien lui non plus sauf que le mardi matin Yaneck Kozack, le vigile, a téléphoné qu'il était malade et qu'il allait voir son médecin, depuis silence.
Martin se déplace donc au village voisin où habite la femme de Yaneck Kozack.
Une femme grande, costaude à la chair dure, aux yeux extraordinairement bleus qui délaient son regard sur son visage. Sympathique, un sourire doux, des gestes très calculés qui semblent aériens. Des manières amples et douces servies par un corps de sportive. Sophie Kozack née Pierinski exerce le métier d'infirmière dans une maison médicalisée de personnes âgées.

- Vous savez après votre coup de fil j'ai cherché à savoir pourquoi vous vous intéressiez à Yaneck et je ne vous cache pas que je lui ai téléphoné. Pas de réponse. Je suis intriguée et inquiète, je ne vous le cache pas. Pourquoi ?
- Madame Kozack, malheureusement je me dois de vous informer, de... excusez moi ce n'est pas facile... du décès de votre mari.

Et cette grande femme, solide, de tomber sur une chaise les jambes coupées. Elle regarde sidérée le gendarme. Puis une larme coule, une autre encore, un reniflement elle passe le dos de sa main sur ses yeux, ses narines, elle se lève en titubant, va arracher une feuille d'essuie tout à un rouleau, revient, s'assied en manquant de rater la chaise.

- Excusez-moi, mais c'est si soudain, si invraisemblable. Il a eu un accident, il ne roulait pourtant jamais vite.
- Non, pas un accident
- Une crise cardiaque ? c'est bizarre, vous savez il possède une telle santé, mais enfin il travaille trop et ne dort jamais assez
- Non pas une crise cardiaque
- Mais quoi alors ?

Elle crie presque tant on sent qu'elle se raidit
Martin laisse passer quelques secondes en approchant une chaise et en demandant

- Vous permettez que je m'asseye ?

- Hein, euh, oui, oui
- Madame Kozack, aussi extraordinaire que cela puisse vous apparaître, votre mari est mort assassiné.
- Quoi ?

L'incrédulité, la révolte transparaissent au travers de cette interrogation brutale.

En choisissant bien ces mots Martin lui explique la découverte du corps de son mari dans une voiture immergée dans un étang. Sophie Kozack écoute le récit en écarquillant de plus en plus les yeux. On a l'impression que tout son être se révulse et en même temps met en doute tout ce qui lui est dit.
Après cela un long moment de silence s'installe dans la maison. Sophie reste coite, une main serrée sur le papier essuie-tout appuyée contre sa bouche et l'autre agrippée à son giron. Martin laisse la femme digérer ce qu'elle vient d'entendre. Cinq minutes passée, Sophie se détend d'un coup tout en laissant couler quelques larmes sur ses joues.

- Ben dites donc, ben ça alors, vous ne seriez pas gendarme je vous penserais fou pour raconter des choses pareilles, mais je sens bien qu'il s'agit de la triste réalité. Vous pensez qu'on lui a fait du mal avant de...

Elle ne peut proférer les mots fatidiques, c'est Martin qui achève la phrase

- Avant de le tuer ? Non, le médecin légiste parle d'un coup derrière la tête qui a suffit, semble-t-il a provoquer la mort.

Instinctivement elle a une mimique lorsque le gendarme parle du coup sur la tête, mais semble heureuse qu'il n'ai rien du subir avant sa mort.

- Qui ?
- C'est ce que nous cherchons ?
- Où

Il lui décrit le lieu.

- Connais pas, suis jamais allée par là, enfin on ne passe pas loin sur la départementale. Et puis Yaneck n'était pas pécheur.

La remarque sidère Martin

- Pêcheur
- Ben oui l'étang ?
- Ah, non nous pensons qu'il a été tué là ou ailleurs et ensuite précipité dans une voiture n'étant pas la sienne. Que possédait-il comme véhicule ?
- Une antique 4L qui lui venait de sa mère
- Donc soit le meurtrier a fait venir votre mari là-bas et après son forfait est reparti avec la 4L, puisque son propre véhicule était au fond de l'eau... soit il a transporté le corps de votre mari dans le véhicule dans lequel nous l'avons retrouvé et est reparti avec une autre voiture qui l'attendait. Il faut que nous recherchions cette 4L, avez-vous son immatriculation.

Elle la lui donne, il la note et reprends la conversation.

- Question classique, votre mari avait il des ennemis ?

Elle se lève, va chercher une bouteille de vodka et verse deux verres bien pleins.

- Excusez moi, mais j'ai besoin d'un coup de remontant. Si Yaneck avait des ennemis ? je ne pense pas, il n'était pas toujours facile, parfois bagarreur, mais dans le coin il y a pas mal de gars comme lui. Faut le connaître. Nous sommes mariés depuis longtemps, nous avons deux enfants, le premier est quartier maître sur une frégate de la marin et la seconde vient de s'installer comme libérale avec son copain qui comme elle à fait l'IFSI
- L'IFSI ?
- Institut de Formation en Soins Infirmiers, moi j'ai d'abord il y a quinze ans fait l'IFAS, Institut de Formation pour les Aides-soignants, puis après avoir pratiqué je suis retourné à l'école pour devenir infirmière. Vous savez Yaneck, pendant que j'étudiais faisait bouillir la marmite. Nous nous sommes connus il y a longtemps alors que je travaillais au réassort et aux caisses de la supérette du village. C'est Vaudier qui était directeur à

l'époque. Yaneck travaillait la journée chez le Tusse, la casse de voiture. Le Vaudier m'a fait des propositions malhonnêtes une fois en me disant que si jamais je refusais il me licencierait. Il l'a fait d'abord parce que j'ai refusé et que le Yaneck l'apprenant lui a foutu une raclée qui l'a tenu plus de quinze jour en maladie. L'est pas allé se plaindre, il a encaissé et m'a virée. J'ai donc changé de métier.

Elle continue ainsi pendant un quart d'heure, on sent que son ressentiment n'est pas passé, qu'elle a aimé son mari, que celui-ci aime ses enfants, que c'est un bosseur acharné, qu'elle n'a jamais eu à se plaindre de lui dans leurs relations.

- Mais depuis que sa mère est rentrée en Ehpad, attention pas le genre d'établissement huppé où je bosse, mais vous savez le mouroir, quoi, et qu'elle est morte en six mois là-bas, il est devenu comme transformé. Il a pris peur
- Peur de quoi ?
- De se retrouver un jour là-bas et de mourir dans les mêmes conditions qu'elle. Alors il s'est mis à bosser comme quatre, à faire deux, voire trois journées en une. Il amasse, il amasse, il veut pourvoir se payer les soins, le bel établissement s'il ne peut rester à la maison… enfin… il amassait
- Ça dure depuis combien de temps ?
- Dix ans, dix ans, à la fin on ne se voyait jamais, il devenait renfermé, verrouillé à mort. Alors un jour je lui ai dis que soit il changeait soit il fallait qu'on se sépare, moi je n'en pouvais plus. Il a compris, il a dit qu'il ne pouvait plus changer. Alors il est allé loger chez Leila, dans l'ancienne maison de son père.
- Leila ?
- La dentiste, elle vit à la colle avec une indochinoise qui est aussi dentiste. Yaneck, Leïla et moi sommes allés au collège ensemble.

Martin prend le temps de digérer les nouvelles et de les placer en perspectives.

- Votre mari amassait donc fiévreusement de l'argent... bien, uniquement en travaillant ?
- Qu'est-ce que vous voulez dire ?
- Ceci, avait il des activités plus ou moins légales ou à la limite ? De toute façon nous finirons par tout savoir, nous ce qui nous intéresse c'est de retrouver son ou ses meurtriers. Donc je réitère ma question : Votre mari amassait donc fiévreusement de l'argent... bien, uniquement en travaillant ?
- Ben, je ne voudrais pas porter préjudice à quelqu'un, mais bon si je lui ai dit de partir c'est aussi parce que je ne voulais pas me trouver mêlé à des trucs plus ou moins .... Voyez...Il faisait du tabac et des alcools avec un copain camionneur... dont je ne connais pas le nom... avec le Tusse il trafiquait des pièces détachées et des véhicules plus ou moins réglo avec l'Afrique, ils organisaient des sortes de rallye pour touristes, bref, tout ce qui pouvait rapporter un max.

Martin laisse passer un moment tout en regardant ses notes

- Et le chantage ?

Sophie Kozack manque de s'étouffer, elle regarde le gendarme avec un air de reproche prononcé

- Du chantage ?
- Oui, est-ce que s'il avait su quelque chose d'important vis-à-vis de quelqu'un il aurait pu en profiter pour obtenir des sommes en échange de son silence ?

Elle prend un grand temps pour réfléchir, se calmer d'abord et ensuite envisager le problème... Après un bon moment elle secoue la tête, on sent qu'elle n'aime pas la réponse qui lui vient à l'esprit.

- Il y a quelques temps je vous aurais répondu non, avec force, je me serais révoltée à l'idée même, maintenant... je ne peux affirmer bien sûr, mais malgré tout je serais moins certaine... il a bien été tué donc...

Martin n'en apprend pas plus. La fouille de la maison, avec l'accord de Sophie Kozack, n'a rien apporté de nouveau.

L'enquête se poursuit chez Leila Makhoub où Yaneck Kozack avait élu domicile.

*

Le Cabinet dentaire Pham et Makhoub occupe le rez-de-chaussée d'un petit immeuble aux façades en briques flammées. A l'intérieur tout est très fonctionnel, blanc, aseptisé, des photographies permettent aux patients de voyager par l'esprit dans un hall assez grand qui sert de salle d'attente. Des paysages de la baie d'Along, l'Ayer Rock, avec en face le mont Tahat, des chèvres dans un arganier, une signature blanche d'avion dans un ciel bleu.

La secrétaire aux joues rebondies attend le client derrière une banque ébène et argent avec des incrustations d'acier chromé. Le lieutenant Lissandre accompagne Martin

- Kitch non ?, remarque-t-il à l'attention de son collègue
- Oui, ça ne fait pas cabinet dentaire, je dirais plus pompes funèbres.

Les deux ont du mal à se retenir de rire.

- Messieurs ?

Nous voulons voir Leila Makhoub.

- Vous avez rendez vous avec le Docteur Makhoub ?
- Non, nous enquêtons et devons lui parler maintenant.

Le ton de Lissandre est tranchant, sans réplique.
La jeune femme a un mouvement de recul comme si elle se sentait soudain agressée. Quelques secondes passent et alors que le lieutenant va réitérer son injonction elle se lève et part en lançant

- Je vais voir avec elle.

Elle disparaît au fond du hall derrière une porte qui donne visiblement sur un couloir.

- Je ne supporte pas les secrétaires médicales, les hôtesses d'accueil, elles vous font toujours perdre un temps précieux en se donnant de l'importance, alors j'attaque toujours bielle en tête, concède Lissandre à voix basse.

Quelques minutes s'écoulent puis une jeune femme en blouse verte avec un masque sous le menton sort du couloir, suivie de la secrétaire qui vient se glisser à son poste en ne levant pas la tête. Leila Makhoub possède un sourire qui fait de la publicité pour sa profession. Vue de près elle paraît moins jeune que la distance pouvait le laisser penser, mais sa peau reste lisse et pulpeuse. De taille moyenne, la taille fine, des membres graciles, Leila dégage une réelle sensualité. On la sent enjouée et même espiègle.

- Bonjour Messieurs, que puis-je pour vous ?
- Y a-t-il un endroit où nous pourrions nous entretenir en toute confidentialité ?

Leila bien que très intriguée leur indique de la main une porte s'ouvrant derrière le poste de travail de l'accueil.

Il s'agit d'une tisanerie buanderie où visiblement se passent les repas, les repos autour de tasses de café ou de thé et où l'habillement professionnel est lavé.

- Votre venue concerne notre cabinet ?
- Non, non, il s'agit de votre locataire
- Yaneck, qu'a-t-il à voir avec vous ?
- Il a été assassiné dans de mystérieuses circonstances.

Leila se laisse tomber sur une chaise en portant son poing serré à sa bouche. Des larmes coulent sur ses joues, elle regarde les deux gendarmes à tour de rôle en répétant dans un murmure « c'est pas possible, c'est pas possible ».

Les deux hommes lui laissent un moment pour se ressaisir

- Où, quand, enfin je veux dire, vous savez qui ? pourquoi, Yaneck, c'est pas possible
- Malheureusement si, nous venions vous en avertir et ensuite vous questionner sur lui. Vous le connaissez depuis longtemps ?
- Yaneck, Sophie nous nous connaissons depuis l'enfance, nos parents, nos trois familles habitaient la même rue, nous jouions ensemble, la maternelle, la primaire, le collège nous avons fréquenté les mêmes classes, au lycée j'ai pris une autre voie qu'eux, puis après j'ai fait la fac, eux

non. C'est pas possible Yaneck.

- Il est d'origine polonaise ?

Les grands yeux ahuris de Leila démontre l'incongruité de cette question.

- Non française son arrière grand père est venu avec la vague d'immigration polonaise en 1919, mais son grand père, son père, sa mère, sont tous français de naissance. Comme moi d'ailleurs : arrière grand père, grand père, père de nationalité française de naissance du fait Loi Jonnart de 1919.

Lissandre de ses deux mains en avant tente de calmer le flot de paroles d'une Leila subitement très tendue et énervée.

- Je posais une simple question

Mais Leila ne se calme pas aussi facilement

- Bao Trâm, ma compagne et associée est aussi française depuis trois générations. Il y a même eu un Pham juge, un autre sous-préfet et un dernier prêtre.
- D'accord, d'accord, ne vous énervez pas comme ça, il s'agit d'une simple question
- Dans ce domaine je le sais trop il n'y a jamais de simples questions. Bon vous voulez me poser des questions ? j'écoute.

On perçoit une réelle hostilité dans sa voix. Martin reprend le flambeau.

- Il y a quelque temps Yaneck Kozack a quitté le domicile conjugal et est venu habiter chez vous.

Même s'il a essayé d'être très doux et neutre en posant la question Martin se rend compte que cette dernière allume de nouveau la colère dans le regard de son interlocutrice.

- Vous sous entendez quoi par là ?
- Rien, rien, j'énumère des faits sur lesquels nous avons besoin d'éclaircissement pour éclairer le drame sur lequel nous enquêtons.

Elle ne se rend pas encore, c'est avec un ton incisif qu'elle répond.

- D'abord il n'est pas venu habiter chez moi, non
- Ah pourtant sa femme

- Sa femme ne vous a certainement pas dit qu'il vivait avec moi comme vous semblez l'indiquer. Yaneck a aménagé dans la maison de mon père mort il y a six mois. C'est, enfin c'était mon locataire.
- Ah !
- Oui, ah, moi je vis avec Bao Trâm Pham, nous sommes pacsées et associées. Je n'ai pas besoin d'hommes dans ma vie.
- Bien, bien, donc Kozack était votre locataire, avait il un bail ?
- Parfaitement, je demanderai à ma comptable de vous envoyer copie si vous le souhaitez.
- Était-ce un bon locataire ?
- Yaneck ? un ange, il a refait l'électricité, la plomberie, changé le WC. Mon père avait réutilisé et aménagé quatre garages alignés appartenant à la ville qui les lui avait vendus au lieu de les démolir. Il a travaillé toute sa vie aux services techniques de la ville, il était le concierge des ateliers municipaux et l'entraîneur de foot de l'équipe des gosses d'agents. Raymond Makhoub est connu dans toute la ville.

Lissandre reprend la main.

- Oui, je vois qui c'est j'ai vu son nom dans la presse locale dans les rubriques sportives. Je ne savais pas qu'il était mort, il était ami avec un des gendarmes de la brigade à laquelle appartient le gendarme Martin qui m'accompagne.
- Vous parlez de Biniou ? Oui, il vient encore nous voir de temps à autres, avant il faisait toujours le méchoui du club avec papa. Je ne sais trop quoi vous dire sur Yaneck, un travailleur acharné, deux ou trois métiers, peu de sommeil et une angoisse existentielle prégnante : ne jamais finir en Ehpad. Alors il travaillait, travaillait, amassait pour avoir de quoi, le jour venu, se payer une vieillesse confortable. Sophie n'en pouvais plus à la fin, ils se sont quittés d'un commun accord maintenant que les

enfants ont fait leur vie.
L'entretien se poursuit plus apaisé pendant encore une demi-heure. Leila confie un double des clés de la maison de son père et donne son accord pour une visite domiciliaire en règle.

*

Un passeport trouvé dans les bagages laissés à l'auberge a permis de tirer une photo de Paul Martineau qui a été diffusée aux brigades et commissariats de tout le territoire national dans le cadre d'un avis de recherche.
Les vidéos ont été visionnées et re visionnées et leur définition améliorée autant que possible. Pour le second visiteur il n'y a plus aucun doute, il s'agit bien de Paul Martineau. La montre que le poignet tendu vers la toile de tente porte est d'un modèle si peu courant qu'elle est reconnue par les gens de l'auberge et surtout le boîtier et le certificat de garantie ont été retrouvés dans les bagages.
Pour la première et la troisième visite du soir sous la tente, malgré des heures à faire défiler image par image il semble impossible de trancher. Un seul homme ou deux ? Une fois avec montre et une fois sans montre ? Les enquêteurs sont très contrariés. Lissandre, Biniou, Velu se perdent en conjectures tout en discutant avec un spécialiste vidéo venu de l'Institut de recherche criminelle de la Gendarmerie nationale (IRCGN). Aucune certitude ne peut émerger de ces discussions auxquelles Martin ne prend pas part.
Après une réunion assez longue il est décidé que l'on considère Paul Martineau comme le principal suspect des deux meurtres, que l'on doit trouver le maximum d'informations sur Némo et un autre homme potentiel. Ceci ressort essentiellement des attributions de la section de recherches. Martin est chargé de travailler essentiellement sur le cas Martineau le restant de son équipe poursuivant leur travail sur le dossier Levavasseur.

*

Le juge d'instruction privilégie la piste Martineau et multiplie les actes pour alimenter la bio du personnage. Il apparaît qu'un certain village semble le centre de gravité de la vie du suspect. La gendarmerie qui a déjà fourni une partie des éléments concernant la famille, les amis et la vie d'Agnès Levavasseur est mise de nouveau sur le pont.
Du coup tout est misé sur Martineau dans le village et la ville voisine en zone gendarmerie.
Il n'y a rien de tel qu'une enquête pour soulever les coins des tapis, pour regarder au derrière les meubles et sous les matelas. Rien n'échappe aux enquêteurs et comme il y a forcément une sorte de porosité entre les policiers et la presse tout se retrouve rapidement sur le papier ou sur le Net. Les parents de Paul Martineau sont passés sur le grill, sa pauvre mère, son frère, sa sœur, font l'objet d'une campagne de harcèlement par les journalistes et les blogueurs. Le portrait qu'ils tracent de leur fils ou frère reste classique. Un garçon calme, un peu timide, poli, effacé dans ses relations aux femmes, en fait assez secret. Il avait quelques rares amis, toujours des garçons de son âge, s'intéressant aux mêmes domaines que lui. Il y eu d'abord un garçon qui faisait l'armée, puis depuis quelques années on ne l'avait pas revu. Certains disaient qu'il fréquentait récemment Agnès Le vavasseur, mais rien ne vient étayer cette hypothèse. Puis ensuite un autre garçon, passionné semble-t-il de chasse aux trésors, mais cela faisait, là-aussi, quelques années qu'on ne le voyait plus avec Paul. A lui aussi vox populi prête une aventure avec Agnès Levavasseur. Mais comme souvent les témoins, qui parlent par ouï-dire, se contredisent, mélangeant l'un et l'autre, à tel point que les enquêteurs écartent d'office ce type de témoignage. Il y a peu Paul Martineau courait la campagne et essentiellement dans les environs immédiat du château de la Motte Pertuis-Joli avec un nouvel ami, semble-t-il du coin. La description est elle aussi vague que les affirmations des témoins. Tant et si bien que les gendarmes en concluent qu'il existe soit trois hommes, soit un seul réapparaissant à intervalles réguliers

dans la vie de Paul Martineau. Côté femme, bien entendu, Paul Martineau ne peut échapper au fait d'avoir été un des amants d'Agnès Levavasseur, semble-t-il le plus assidu ou considéré comme tel.

Économiquement il apparaît au vu des comptes bancaires du suspect que tout allait bien pour lui. Jusqu'à il y a peu il dirigeait, en plus de ses activités attachées à son hobby, une entreprise de transformation de métaux précieux et de traitement de surfaces. Sa vente à une société marocaine lui avait rapporté beaucoup d'argent qui avait été viré sur un compte d'épargne en obligations au nom d'une nouvelle société. La brigade financière avait constaté que des retraits conséquents avaient été effectués dès le lundi précédent la fuite du suspect sur les deux comptes courants. Tous les virements avaient alimenté ce fameux compte en obligation. Les deux cartes bleues du suspect lui avaient permis de retirer le maximum hebdomadaire dès le mercredi à deux heures du matin dans un guichet automatique de son village. Visiblement il est retourné dans sa région. Étrangement la caméra du DAB n'a pas pu filmer la personne retirant l'argent car un éclairage extrêmement vif et stroboscopique, partant d'une lampe serre-tête, a aveuglé l'objectif. Le petit établissement bancaire, très modeste, ne dispose pas d'une seconde caméra extérieure de vidéosurveillance. Tant et si bien qu'il est impossible d'affirmer que la personne qui éblouit la caméra est bien Paul Martineau. D'ailleurs pourquoi ce subterfuge s'il s'agit bien du titulaire des cartes ? Peut être pour que l'on se pose justement ce genre de question. Et puis il faut connaître les codes secrets des deux cartes....

*

En ce qui concerne l'enquête sur la mort du Major Pelvoux, les enquêteurs s'acheminent vers la reconnaissance d'un suicide car rien sur la scène de crime, sur le corps du malheureux ne vient étayer un meurtre déguisé en suicide.

Quand à la recherche du fameux Némo les investigations n'avancent pas. Le cuisinier s'est rappelé que l'homme possédait une Audi A5 bleue, non il n'a pas relevé l'immatriculation, non il ne se rappelle rien de plus. Un grand type, mince, blond, au regard dur. En fait non il ne l'a pas vu de près, c'est une fille qui fait les chambres qui lui a dit ça.
Le spécialiste de l'IRCGN a emporté tous les matériels et supports informatiques et numériques du Major pour les étudier à fond afin d'y trouver des pistes potentielles.

*

Romain Plassard à roulé sans arrêt pour couvrir les cinq cents kilomètres et se trouve donc face à la gendarmerie de Philippe Martin. Il a loué une Captur Renault au nom de Martineau en utilisant ses papiers, afin de ne pas attirer l'attention avec son véhicule habituel. Collé innocemment sur le tableau de bord et le pare-brise ce qui semble être un téléphone ou un GPS se révèle être une caméra permettant d'espionner la brigade et donc de loin de suivre touts les mouvements.

Il chantonne tout en observant la scène.

La brume recouvrait la rivière.
Katioucha marchait sur la berge,
Sur la berge haute et abrupte.
Elle marchait et chantait une chanson
Sur un aigle des steppes gris,
Sur son véritable amour
Dont elle gardait les lettres.
Ô toi, chanson, petite chanson d'une jeune fille,
Vole vers le soleil brillant.
Et, à la lointaine frontière, rejoins le soldat
Et salue-le de la part de Katioucha.
Qu'il se rappelle d'une jeune fille ordinaire,
Et entende son chant,
Qu'il préserve la Mère Patrie,

De même que Katioucha préserve leur amour.
Les pommiers et les poiriers fleurissaient,
La brume recouvrait la rivière.
Katioucha marchait sur la berge,
Sur la berge haute et abrupte.

Il scande en tapant sur le volant avec son index.

CHAPITRE 7 : SAMEDI 12

Lissandre reste scotché devant l'écran du portable du technicien de l'IRCGN. Il lit des documents secrets, dévoilés après avoir craqué plusieurs niveau de codés.

- Ben mon vieux, ça nous en apprend beaucoup sur ce pauvre Major, et sur un certain gars dont on peut saluer la compacité du silence et la capacité à synthétiser les informations en laissant de côté tout ce qui pourrait déranger

Le technicien le regarde interloqué, il a lu lui aussi, il a du mal à se faire une idée. Ce qu'il lit lui parait plus littéraire que réel.

- Qu'est ce que vous voulez dire Lieutenant ?
- Je parle de dilemme, d'impossibilité à transgresser

Son collègue le regarde comme s'il se trouvait face à un psy essayant de lui expliquer pourquoi il n'y a pas de futur sans passé.

- Le dilemme, si vous saviez quelque chose qui vous incrimine mais peut aider à la solution d'une affaire, mais si en même temps cela risque de nuire terriblement à quelqu'un que vous aimez, que feriez vous ?
- Vous voulez dire si je sais quelque chose que je dois taire parce que ça me nuirait ?
- Oui, mais pas seulement
- Ben euh

Philippe Martin entre à ce moment dans la pièce. Lissandre ferme l'ordinateur portable et lui adresse à la fois ses remarques et sa question. Martin ne réagit pas, reste un moment figé puis

- C'est un dilemme épouvantable,
- D'accord mais il faut trancher, vous avez 4 heures j'attends votre copie.

Le technicien écarquille les yeux, se secoue avec un air de dire « l'est un peu sonné le lieut' », puis il ouvre le portable alors que Lissandre prenant Martin par le bras le conduit dans le couloir en lui demandant où il en est de ses recherches.

*

D'un coup, comme une pierre tombée du ciel, le passé vient frapper cruellement Philippe Martin. Le Capitaine a été très clair, il veut une déposition circonstanciée sur ses faits et gestes lors de la nuit du meurtre d'Agnès Levavasseur. Il veut tout savoir sur Nemo, sur Martineau. Ensuite il jugera s'il il devra engager ou non une ou plusieurs procédures.

- Mon vieux je veux du concret, du sincère, du minutieux. Si je suis convaincu, je vous sors de l'enquête et je vous fais muter à Paris où vient de se monter une cellule travaillant avec de nouvelles techniques et de nouveaux matériels sur les cold case. Ils cherchent un gars comme vous au service empreintes digitales et papillaires. Quelqu'un qui ne suit pas les protocoles mais explore des voies non conventionnelles.

Philippe Martin se retrouve seul chez lui enfermé devant son ordinateur. Sa vie lui parait comme un store tendu dont les coutures craquent et laisse flotter individuellement les lais.

- Ma vie est un patchwork ; constate-t-il

Et les blessures remontent à la surface de manière urticante.

Son père avait râlé lorsqu'à seize ans Philippe était venu le trouver le soir après le journal télévisé pour lui expliquer son désir de s'engager dans l'armée. Râlé pour la forme en fait. Militaire de carrière pendant presque vingt ans, son père s'était lui aussi engagé à seize ans dans la marine. Maintenant qu'il travaillait comme infirmier chef dans un hôpital il semblait s'être détaché de la « Royale... ». Philippe visait lui l'armée de terre, cela semblait contrarier son père, mais sans plus. Philippe avait commencé par son père pour exprimer son désir, il savait sa mère hostile, enfin surtout affolée à l'idée que son « bébé » allait grandir d'un coup si vite hors de sa vue, dans un milieu qu'elle jugeait très hostile.

Philippe, lui, avait besoin de se trouver, de savoir quel homme il était. Depuis trois ans il savait ne pas être l'enfant biologique de ceux qu'il considérait depuis toujours comme ses parents aimants. Cela l'avait perturbé terriblement sur le moment, puis avec le temps et un dialogue soutenu avec sa mère et surtout après une soirée « entre hommes » avec son père, dans un resto chinois de haut vol. Là il avait appris que son père était aussi un enfant de la DDASS et que jamais il n'avait su lui aussi qui étaient ses vrais parents.

Philippe avait pris la mesure de sa chance et compris la nécessité de se construire avant de chercher à en savoir plus, car un copain psy de son père lui avait dit que cela peut détruire une vie chez des gens pas assez solides.

Alors l'armée, comme son père adoptif, une chance ?

C'est cette « chance » qui pourrissait sa vie, chaque jour, chaque évènement heureux. Pourquoi lui ? Pourquoi cette chance alors que son copain Roro, Romain Plassard avait été changé, échangé, refoulé ? Renvoyé et répudié, une fois par une famille bourgeoise qui après six mois d'adoption, il avait alors deux ans, l'avaient rendu à l'institution parce que la femme attendaient un enfant de son mari (?). Pourquoi l'alignement des planètes pour Philippe et l'apocalypse par feuilleton à Roro ?

Peut être Philippe aurait il relativisé tout ça si « Maman », sa si douce mère, n'avait pas invité Roro, chaque fois qu'elle arrivait à trouver où il avait atterri, pour que le lien perdure.

Philippe de plus en plus doux, de plus en plus comblé, de plus en plus rempli de certitudes, devait chaque fois sentir la meule du destin moudre le désespoir de son ami et lui mettre en exergue l'indécence de son bonheur.

Il était temps de rendre… donc l'armée, donc le don de soi, donc forcément l'aide et la coopération.

Dans le même temps, dans les instants d'égoïsme naturel à tout être humain, il s'en foutait un peu de tout ça. Il était bien, il avait des parents bien aimants ? Et alors lorsqu'il mourrait cela lui apporterait il un bonus ? NON ! Donc pourquoi se torturer l'esprit ? Parce que le Chef ? Le Père ? La Cheffe, la mère ? Bien ils avaient fait à la fois un acte d'une immense valeur, mais en fait cela restait cantonné à leur égoïsme... Impossibilité d'avoir des enfants par les voies naturelles... alors adoption ?
Pendant trois ans son cerveau avait trituré cette idée selon des angles les plus opposés. Non ces parents, même adoptifs, l'aimaient comme s'ils l'avaient fait...peut être plus...aie, aie, aie... Parler d'un manque, même avant de savoir qu'il a été adopté et de savoir que sa mère ne peut pas avoir d'enfants suite à une hystérectomie due à une endométriose de stade 4.
Il comprend maintenant que c'est Roro qui le tarabustait avec ça. Romain qui se rêvait fils unique d'une mère aimante était attiré, aimanté, par Philippe et sa mère, lorsqu'il séjournait chez eux quelques fois où lorsque tout va mal dans sa vie. Puis il n'a plus de contacts avec eux après que Philippe se soit engagé
Dans l'esprit de Philippe une lueur apparaît, Martineau, mais oui, bien sûr, le fameux chasseur de trésor, l'enquête sur le trafic de métaux précieux, Agnès Levavasseur. Bon dieu mais c'est bien sûr... Martineau, associé à Romain...Mais alors Romain doit être en danger lui aussi.
Vite, son numéro de téléphone, dans le dossier, dans les notes, oui, là.

Une sonnerie, deux, trois et ça décroche.

- Salut c'est Philippe
- Tiens le justicier blanc se manifeste depuis tant d'années
- Mouais, voila je suis sur une affaire difficile dans laquelle tu te trouves mêlé avec Paul Martineau
- Et ?
- Et, Agnès a été tuée, ça tu le sais, nous soupçonnons Martineau de ce meurtre, de celui d'un autre type aussi
- Paul ? trop paresseux

- Ne rigole pas, nous avons des preuves, mais toi tu es aussi impliqué, sans doute malgré toi, dans cette affaire
- Ah ouais, alors pourquoi, au lieu de téléphoner ne t'es-tu pas déplacé en personne, pour me passer les pinces ?

Romain paraît très tendu et à la fois sarcastique au bout du fil.

Philippe le sent, une petite alarme retenti, mais il ne peut s'empêcher de sourire.

- Toujours dramatique Roro, toujours en représentation. Non je t'appelle pour deux choses. D'abord que Martineau est dans la nature et que tu ferais bien de te méfier, il a tué deux fois, ensuite il faut que l'on t'entende sur la visite du Major Pelvoux dans ta chambre d'hôtel.
- Ah, lui, le vieux
- Oui, lui, le vieux comme tu dis, mais surtout quelqu'un de bien qui s'est tiré une balle dans la tête après votre entrevue, après ton départ ?
- Quoi après mon départ ?
- Je te demande s'il était encore vivant quand tu es parti
- Ben oui, je l'ai laissé tout ratatiné, gris comme une souris anémique. Il marmonnait plein de choses. Moi j'étais comme fou après tout ce qu'il venait de me débiter. Je suis parti en claquant la porte.
- Il faut que l'on t'entende là dessus
- Ça ne regarde que moi
- Tu ne peux pas y échapper, cela peut éclairer l'enquête et son suicide.
- Ah, ouais, moi j'en n'ai rien à foutre de votre enquête, du suicide du vieux.

Un silence s'installe.

Puis Romain insinue d'une voix railleuse fronce des sourcils.

- En fait tu es venu me parler de deux trucs mais tu es surtout venu me sonder sur ma collaboration avec Martineau !
- Ou te prévenir de la direction par laquelle le danger peut venir.

Romain siffle faussement admiratif.

- Oui, oui, voyez vous ça, tu sais que je risque de m'en prendre plein la tronche dans ce dossier, alors, en vertu de notre vieille amitié tu viens la gueule enfarinée me prévenir en te disant que reconnaissant je vais balancer Martineau et ses petits trafics dont je ne sais rien, je te le dis !

- Si tu vois ça comme ça…sais tu seulement quelque chose qui pourrait te tirer d'affaire ?
- Tu vois tu continues, je te connais par cœur mon gars.

Philippe Martin soupire, il ne sait jamais vraiment comment aborder son copain, tout paraît si réfléchi, sous contrôle et en même temps aux aguets. Fataliste il lâche.

- Au moins tu es prévenu, moi dès ce soir, même dès maintenant je n'appartiens plus à ma brigade, après notre conversation je remets mon rapport dans lequel je dirais ce que je sais et ce que tu m'a dis ou me dira. Après demain ou dans deux jours je fonce à Paris et je me présente à ma nouvelle affectation.
- Ben alors pourquoi tu ne laisses pas tes collègues faire ?
- Je vais les laisser faire, mais j'avais besoin de t'appeler
- Ben dis donc mon vieux, un sacré coup de revenez y, comme dans le film avec Ventura « il y a de la relance sur la gelée de groseille » Donc Môssieu monte à Paris
- Oui, je vais m'occuper du fichier des empreintes digitales et de la mise à jour et à niveau du système.
    - Ouh là dit donc on monte en grade…Et ta fameuse enquête ? elle tombe à l'eau ?

Il y a de la moquerie, de l'inquiétude et de la distance dans cette question. Philippe a toujours su que Romain cache une personnalité extrêmement complexe.

- Non, elle continue mais pour l'instant tu n'es pas soupçonné, c'est pour cela que tu dois être entendu.

Quelque chose intrigue Philippe, cette nouvelle devrait être accueillie avec plus d'enthousiasme, de soulagement.

La conversation continue encore une demi-heure sur le thème de l'imprévisibilité de la vie, du déroulement des destins particulier. On se remémore l'enfance, les moments durs, les quelques moments ensemble, la mort des parents de Philippe

dans un accident de voiture il y six ans,
Martin ne peut s'empêcher d'ajouter avant de raccrocher

- Rappelles toi que dans l'affaire des trafics de métaux précieux, tu es toujours dans la ligne de mire.

*

Romain raccroche et reste un moment à regarder la gendarmerie devant laquelle il est stationné.
En ce qui concerne l'histoire du trafic d'or et de métaux précieux Romain a bien conscience que ce Philippe Martin lui a dit démontre qu'il reste dans le collimateur car la gendarmerie le sait associé à Martineau dans une affaire de fonderie.
Puis il se rassure, Martineau officiellement gère seul son business, lui Romain n'a mis que du fric dans l'affaire, il n'apparaît pas dans le trafic, les statuts, puis maintenant que c'est revendu.
Mais le Chevalier blanc n'est pas con, alors va falloir la jouer fine.
Il monte à Paris s'occuper des empreintes digitales... mouais, mouais
Faut qu'il voit Martin de visu, là à un mètre, ça devient urgentissime et essentiel.

*

Lissandre, en présence du Capitaine et d'un juriste de la légion de gendarmerie, a lu, relu et re relu le rapport de Martin. Il l'a fait venir, les trois l'ont questionné pendant quatre heures pour tout préciser, tout vérifier, lui faire rédiger manuellement une sorte de confession sur ses agissements.
A la fin la conclusion a été claire.

- Bon mon vieux, prenez deux ou trois jours et allez vous présenter à votre nouvelle affectation, le Général est OK et couvre l'opération. Je préviens la brigade sur place chez Agnès Levavasseur pour qu'ils trouvent et cueillent le fameux Romain Plassard.

*

Deux, trois jours de congés, ils sont bien bons en haut, mais rien n'est terminé, Philippe veut attraper celui qui a tué Agnès, le gardien de nuit, il veut revoir Romain et tirer certaines choses au clair avant que les collègues lui mettent le grappin dessus.
D'abord aller au jardin des souvenirs pour se recueillir sur la plaque de ses parents, puis rendez vous avec Romain. Congés et mutation c'est bien, mais la poursuite continue, ne serait-ce que pour la mémoire de Pelvoux.

*

A la brigade Lissandre et le capitaine s'activent. Ils sont en liaison avec les 2 procureurs, le juge d'instruction et la brigade locale. Une urgence, retrouver Romain Plassard et l'interroger, localiser la 4L de Yaneck, loger Martineau. Biniou et Velu sont sur le coup. Ils n'ont pas compris ce qui est arrivé avec Philippe Martin. Leur Collègue à littéralement disparu après une longue séance avec Lissandre, le Capitaine et un autre type. Un bruit a fuité : muté aux services centraux à Paris.
Dans les couloirs les mauvaises langues vont bon train « l'a été viré à cause de ses conneries » pérorent ceux qui n'aimaient pas le chouchou du chef, « il y serait pour quelque chose dans la mort de Pelvoux » grogne Lefranc, « encore un sale coup de l'extrême gauche » tempête Niclaus. Deux clans s'affrontent presque.
Les téléphones sonnent sans arrêt, les mails se déversent par dizaines, mais rien de rien.
Romain Plassard semble avoir disparu, personne ne sait où il est. Son habitation, ses locaux sont vides, sa voiture n'est stationnée nulle part et son téléphone borne chez lui, il est sur table d'écoute comme celui de Martin.. Pas de 4L en vue et Martineau semble s'être volatilisé.

En fin d'après midi la table d'écoute enregistre un appel sur le téléphone de Romain. Le numéro appelant est inconnu.

Après le message pré enregistré du répondeur, rien. L'appelant n'enregistre rien. Immédiatement des recherches sont lancées. Rapidement il s'avère qu'il s'agit d'un numéro prépayé, dont le possesseur est inconnu.

*

- T'es qui toi ?
- Moi, j'ai une carte prépayée et un téléphone vierge.
- Ah, bon on fait ça chez les bleus ?
- On en fait bien d'autre, où es tu il faut que je te vois d'urgence, la moitié de la gendarmerie est à ta recherche.
- Eh ben qu'ils recherchent, moi je m'en fous, tu veux me voir pour me mettre les pinces ?
- Si nécessaire, oui, mais je veux t'entendre d'homme à homme avant
- Ou là, d'homme à homme avant ? un bon duel comme dans les westerns ?
- Arrête tes conneries, il faut qu'on se rencontre et vite. Là tu as consulté ton répondeur, eux le savent aussi, ils vont pister mon téléphone sans savoir qui le détient et donc le tien puisque nous sommes en liaison. ça n'est qu'une question de temps pour qu'ils nous localisent tous les deux
- On fait comment ?
- Donne-moi un lieu
- Attends, tu essaies de me tendre un piège ? Carte prépayée, tel neuf, tu penses que je vais gober ça ?
- Il n'y a pas de piège, deviendrais tu couard ?

La colère monte chez Romain, il a horreur de se faire traiter de peureux.

- Tu as l'adresse par SMS, balance ton tel et sois là bas dans cinq heures max, sinon tu ne me reverras jamais.

Il raccroche et Philippe voit apparaître le SMS.

- Le con 500 km et tout ça dans une zone super ratissée par les collègues à l'heure actuelle.

Il monte dans sa voiture de location et va prendre l'autoroute.

*

- Lieutenant, lieutenant, le téléphone mystérieux qui a appelé Plassard vient de rappeler un autre numéro inconnu

Velu est tout excité, il vient d'arrêter Lissandre qui sort du bureau de Pelvoux.

- On a des localisations ?
- Pas encore, la communication a eu lieu il y a un quart d'heure, alors les collègues cherchent. Le premier appel, celui de Plassard a borné à deux kilomètre d'ici
- Ah, si proche ?
- Oui
- Martineau ?
- Sais pas, mais ça voudrait dire qu'il est tout proche
- Dès que vous avez des localisations vous me le dites.

Une heure après Velu frappe à la porte du bureau du Lieutenant.

- Lieutenant vous ne le croirez pas, le second téléphone a borné sur notre antenne relais
- Quoi ?
- Oui, la personne devait être proche de la brigade

Lissandre reste quelques secondes éberlué, puis soudainement il sort des locaux. Face à lui la cour et de l'autre côté des grilles la grande place avec à gauche la Mairie et à droite l'église. Pas une seule voiture stationnée. Se retournant vers Velu qui l'a suivi interloqué il lui ordonne de saisir toutes les vidéo des caméras de surveillance.

- Il y en a trois, lieutenant, plus celle du guichet de banque en face.
- Il les faut tout de suite, fissa, et on analyse tout mouvement une heure avant le coup de fil et jusqu'à maintenant.

Pendant que velu s'affaire au sujet des vidéos, Niclaus entraîne Lefranc dans un coin et lui chuchote à l'oreille.

- On va chez la Josette
- T'es fou
- Viens je te dis

Alors, la Josette... la Josette... une précurseure des demoiselles galantes en Combis et Trafics le long des routes. Il y a plus de vingt ans, quand son mari à eu la bonne idée de clamser et donc de plus la vendre et la tabasser, elle a eu la géniale idée de partir du midi avec voiture et caravane pour se planter dans le camping de la commune. Puis après avoir siphonné au sens propre et figuré le Jeannin, appelé Bebert, et lui avoir passé l'anneau au doigt trois jours avant qu'il clabote de toutes ses beuveries, la Josette avait repris la guinguette au bord du lac, avec licence 4. « Chez La Jo » est devenue au fil du temps le must des touristes, des traînes comptoir du coin et des demoiselles galantes du coin. Bon, c'est du lourd, de la chair ferme, du poignet qui besogne et pas dans la dentelle. Le mec rincé à bien payé et il en a pour au moins deux semaines à se remettre en ayant peur que sa femme s'affole du soudain retrait au distribanque.

- Pourquoi ?
- Faut qu'on cause, j'ai des choses à te dire que c'est important, bon dieu

Muni de ce viatique Lefranc suit son collègue chez La Jo.

Arrivés là-bas les deux claquent une bise sur la joue de Josette, difficile à atteindre vu une poitrine quintuple X et un ventre opportun pour la soutenir.

- Salut JO, besoin de tranquillité pour débriefer une enquête
- Mon poussin va sur la petite terrasse, je t'amène ton biberon.

Les deux se dirigent vers une terrasse couverte d'une canopée de lianes de passiflore. Il fait frais, et c'est totalement à l'abri des regards.
Une grande table en lattes de bois et des bancs de chaque coté. Jo apparaît tout de suite avec deux pots de blanc, un saucisson et une terrine de pâté de campagne et... ses fameux cornichons mis en bocaux par elle.

Josette elle n'est pas raciste, non, pas du tout, peu importe la couleur des gens du moment qu'ils sont blancs et français. La préférence nationale de la connerie, il n'y a pas de préférence, tout le monde est client, surtout les blancs cathos.

- Bon alors ?

Interroge Lefranc en remplissant à ras bord son verre

- J'ai eu mon copain du syndicat à propos de l'autre pédé d'extrême gauche
- Martin ?
- Ben oui, de qui veux tu que je te parle. Toi tu dis qu'il a été viré...non, non, non et non, mon gars, il a eu une promo du feu de dieu

Lefranc est très sceptique

- Euh, moi je crois qu'il a fait une connerie qu'il a été viré.
- Mon pauvre vieux, une promo d'enfer... il va diriger un nouveau service de la super police des polices au sein de la gendarmerie. Là haut ils veulent dégommer tous les syndicalistes
- Il n'y a pas de syndicat chez nous
- Bien sûr que si, mais clandestins, des vrais résistants, des hommes d'honneur. Toi aussi tu seras sur la liste, l'autre il est parti avec tous nos dossiers.
- Charrie pas
- J'te jure, j'ai des infos, c'est une taupe, un barbouze ce mec, à l'armée et chez les pompiers, j'ai vu les dossiers. C'est une crevure. J'ai tout signalé aux copains de là-haut pour qu'ils se méfient.

*

- Philippe, vous êtes où

Lissandre appelle Martin sur son portable professionnel.

- Sur l'autoroute Lieutenant, je me dirige vers Paris, mais entre temps je ferai une halte pour essayer de comprendre ce qui se passe.
- Vous êtes loin d'ici ?
- Cent, cent vingt kilomètres, peut être, vous voulez que je revienne ?

- Non, non, continuez. Nous ici, nous avons la certitude que Martineau est dans le coin, il devait être stationné devant la banque en face de la brigade. Nous avons intercepté un appel inconnu qui se situait à 2 km de chez nous, tout reste limité dans notre ressort, allez tranquillement à Paris sans trop vous poser de questions.

Philippe martin se gare sur un parking d'urgence le long de l'autoroute. Ça carbure fort sous son crâne.

- Bon dieu c'est quoi ces conneries. Quel appel inconnu ? le mien, les nôtres, ou Martineau et Romain sont encore dans le coin. Bordel, c'est quoi ce bordel ? Je continue, je retourne. S'il y a appel il y a appelant et receveur, Romain ? à deux kilomètres, mais pourquoi m'envoyer à 500 bornes ?

Un long moment de réflexion à être secoué par les véhicules qui passent.

- Je continue, Romain doit être dans la même circulation que moi, nous nous retrouverons là-bas comme prévu. Mais comment ont-ils su que Martineau était devant la brigade ?

*

Velu pourrait répondre à cette interrogation. Les vidéos ont permis d'identifier une Renault Captur. L'immatriculation a donné le propriétaire ; une société à la con de location lowcost de voitures de tourisme. Le locataire ? Paul Martineau. Les documents envoyés par l'agence en question sont presque illisibles, la photo du permis de conduire ressemble à une boule de suif, mais le nom du titulaire est lisible : Paul Martineau.

Le bornage du second téléphone n'a pas permis de tirer de photos ou de vidéo, la zone étant en pleine nature et l'antenne relais pas sécurisée par une caméra.

Lissandre a simplement dit

- On oublie Martin, il file sur l'autoroute, vérifiez quand même un bornage, mais on met tout sur les deux autres. Celui qui se trouve à 2 kilomètres il bouge ?

Velu et Biniou lèves les bras en signe d'impuissance.

- On attend du nouveau, mais vous savez nos services sont sur le dos des opérateurs, sauf que là ce sont des cartes prépayées, alors, ils ont du mal.
- M'en fout, travaillez les au corps, je veux une poursuite en temps réel.

Biniou et Velu se regardent extrêmement dubitatifs sur la notion de temps réel dans ce genre de poursuite, mais bon si le lieut' l'a dit.

Une demie-heure après un bornage, la Captur a emprunté l'autoroute, la même que Martin, elle a même dix minutes d'avance sur le gendarme. Encore un quart d'heure et le second téléphone borne toujours au même endroit. Lissandre envoie un équipage sur place avec des instructions très précises.

- Vous localisez, vous voyez de quoi il s'agir, vous rendez compte si ça se déplace vous repérez les brigades autour vous les avertissez, on stoppe le véhicule on passe les pinces au conducteur et on nous prévient, pas de zèle, ces types tuent comme ils respirent, alors pas de zèle.

*

Vingt minutes après

- Lieutenant, lieutenant ?
- Oui, j'écoute
- Personne, sauf dans la poubelle
- Dans la poubelle, un corps ?
- Non un portable dans un état pitoyable il pue l'eau de javel et il n'y a pas de carte sim. On l'a trouvée au fond du sac, en mille morceaux et rongée par la javel
- Bon, les gars, vous ramenez tout dans un sac à preuve, mais avant, vous interrogez le coin, tout ce qui a pu voir quelque chose doit pouvoir nous aider.
- Lieutenant, c'est en pleine cambrousse, à droite une décharge qui fume, à gauche des vaches les sabots dans la merde, Dans ce coin de la commune ils doivent encore allumer le feu avec des silex, il n'y a personne...p'tain... sauf

votre respect un mioche aussi sale que ses vaches, on va se renseigner.

Dix minutes se passent

- Lieutenant, lieutenant, faudra nous donner des cours de parler paysan, le gosse parle un tel charabia que je me demandais s'il n'était pas roumain, mais en fin de compte, il a vu une voiture, faudra le passer à la gégène pour qu'il reconnaisse la marque et le modèle, il a vu aussi le grand mec blond qui a massacré à coup de pied son tel et quelque chose d'autre, qu'il a arrosé avec un truc qui pique et qui pue et a tout balancé dans la poubelle.
- Ramenez-moi votre indigène et tout le matos, beau travail.

Une heure après velu apparaît dans l'entrebâillement de la porte du bureau de Lissandre.

- Bornage de Martin au moment de votre appel 98,845 km
- Donc on oublie et l'autre ?
- Pas de nouveau bornage au même endroit, il avait de l'avance, non ?
- Oui, c'est ce que je crois
- Alors soit il a pris la route et éteint son tel enlevant la carte Sim, soit il a jeté son tél dans des chiottes le long de l'autoroute. Ça va devenir complexe non ?
- Mettez vous là-dessus, Biniou continue la poursuite, vous appelez toutes les aires d'autoroute, vous demandez les vidéos des stations, des chiottes, vous vous enquièrez s'ils ont eu des incidents, surtout si cela implique un conducteur de Renault Captur ou d'autre véhicule dès que les collègues auront fait craché au berger demeuré ce qu'il sait et a vu. On fonce, on fonce, Martin est sûrement en danger, alors on se magne le cul
- Chef, oui, chef
- Ok, les conneries à la Biniou, mais bon dieu du résultat

Du coup Velu ne sait plus quelle contenance avoir, alors il hausse les épaules et fuit vers son bureau.

*

Pendant ce temps Philippe Martin aligne les kilomètres. Sa seule pensée est :

- Ils me suivent, je borne sans cesse le long de l'autoroute, ils doivent aussi borner les autres. Va falloir la jouer juste et fine, les collègues doivent être là pour la conclusion... enfin j'espère

*

Parallèlement, à vingt kilomètres en avant, Romain rumine son scénario.

- Ces cons nous suivent, sûr et certain, sauf que moi je vais les blouser comme pas deux.

Il baisse la vitre de sa portière et balance avec force son téléphone qui est quasi instantanément réduit en miettes par une Ferrari qui dépasse les deux cents kilomètres heure. Cent cinquante mètres plus loin, en faisant hurler les pneus de ses suiveurs et de leurs klaxons, Romain sort de l'autoroute.
Il faudra bien au moins une heure avant que les gendarmes aient l'information de ces changements.

*

- Pas vrai, il est fou, il me donne rendez vous dans la zone d'activités où le trafic sur lequel j'enquête est supposé avoir lieu ? Ah, tiens il n'y a plus d'enseigne, le hangar est devenu anonyme.

Philippe martin regarde autour de lui, relit l'adresse reçue par SMS, c'est bien le lieu de rendez vous fixé.
Les environs sont déserts, pas de voitures, pas de fourgonnette ou de camion, pas un péquin. Le désert, la zone...

- Peut être suis-je en avance ? Bon je vais faire le tour du propriétaire, histoire de ne pas me faire piéger.

Il a son arme dans la ceinture de son pantalon sous sa chemise flottante. Avec circonspection il fait le tour de la parcelle en gravier où le bâtiment assez vaste trone au milieu. Rien, personne, pas un bruit, pas de véhicule, rien !

Quelque chose en lui le retient, un vieux fond d'inquiétude, comme un vieux doute qui surgit du passé. Il allume son téléphone de service deux minutes, l'éteint et se décide à s'approcher de la porte du hangar. Elle n'est pas fermée. Il s'agit d'un portillon et taule ondulée faisant partie d'un grand vantail qui normalement coulisse sur rail pour offrir une ouverture importante aux camions.

Par rapport à dehors, le dedans est plus sombre, il faut quelques instants aux yeux pour s'habituer. La lumière semble s'accroitre insensiblement et Philippe peut évaluer son environnement. Un grand hangar vide, poussiéreux dont l'atmosphère pue le chlore. Philippe prend conscience soudain d'une présence comme jaillie du sol. Romain vient d'apparaître de l'ombre environnante.

- Bonne route camarade ?

Philippe reste interloqué par la décontraction de son camarade. « Il n'a pas changé le bougre, toujours affûté, méfiance, méfiance ». Une petite alarme tinte dans sa tête.

- Tu te rends compte que tu me fais venir dans un lieu soupçonné d'être un élément matériel d'un trafic ?
- Un trafic ?
- Oui, tu le sais aussi bien que moi

Sourire narquois

- Toujours sur la brèche le Philou, gendarme un jour gendarme toujours

Il tend les poignets

- Tu vas me pincer les pinces pour t'avoir amené dans un lieu soupçonné d'être un élément matériel d'un trafic ?
- Tu ne changeras jamais, tu es conscient que tu es recherché par toutes les gendarmeries et polices de France ?

Énorme étonnement de Romain, feint ou sincère ?

- Non tu déconnes, pourquoi on me rechercherait ? Tu m'as déjà dis ça mais ça me dépasses. Pour cette fameuse histoire de trafic présumé dont je ne sais rien de rien ?

Philippe fronce les sourcils, plante son regard dans les yeux de Romain. Très difficile de déchiffrer ce regard qui a toujours appris à dissimuler, à travestir la pensée. Depuis leur enfance Philippe a du mal à cerner Romain. Adolescent il utilisait cette expression pour définir son copain : « du sable mouvant dur comme du roc ».

- Non, pour le meurtre d'Agnès

La réaction de Romain parait moins catholique à Philippe, il sent brusquement une tension dans le regard, dans le raidissement du corps.

- Ah, pourquoi moi ?
- Tu lui as rendu visite sous sa tente, nous en avons la preuve
- Ah, comment ?

Martin sent qu'il ne faut pas faire de gaffe, pas donner trop d'éléments

- Vidéos du camping et autres
- Ah et autres ? Et alors ?
- Comme je te l'ai déjà dis il faut que nous t'entendions et que l'on recueille ton témoignage
- Mouais, seulement ça ?
- Non, il y a la mort du Major Pelvoux que tu as rencontré dans ta chambre.

Cette fois la sidération dans le regard de Romain n'est pas feinte.

- Oula, oula gars, non, non, non… il était vivant lorsque je suis parti, il m'a dit qu'il me laissait deux heures d'avance.
- Pourquoi ?

Etonnement sincère encore

- Ben, sans doute pour réfléchir, sais pas moi. Ce type est venu me raconter une histoire incroyable sur moi, ma naissance, sur le fait qu'il a gardé un œil sur moi depuis ma naissance. Je pense qu'il a jugé que je n'avais rien à voir dans ce que tu appelles le « meurtre d'Agnès ».
- Il était encore en vie lorsque tu es parti ?
- Je viens de te le dire

Philippe sent que Romain est très tendu, très attentif aux intonations, aux mouvements des yeux, aux crispations des lèvres. Il essaie d'être le plus lisse, le plus indéchiffrable possible.

- Et il pensait que tu n'avais rien à voir dans le meurtre

d'Agnès ?

- L'a rien dit sur ça, il m'a demandé si je la connaissais, j'ai répondu oui, il m'a demandé si je la connaissais très intimement, j'ai répondu oui, si je l'avais vu sous sa tente, encore oui, si je l'avais tuée, non.
- Et il t'a cru ?
- Sais pas, mais il m'a interrogé sur Martineau, les mêmes questions sur Agnès, j'ai répondu oui, sauf pour la dernière, j'ai dis « je ne sais pas », Martineau est très secret et très fantasque, alors…
- Et là aussi il t'a cru ?
- Sais pas, il n'a pas insisté et alors il est venu me raconter une histoire loufoque sur ma naissance, sur ma génitrice. Complètement barré le gars.
- Il t'a parlé de sœur Thug ?

Romain prend son temps, se retourne, cette question crée chez lui un trouble profond qu'il désire cacher à Philippe, alors il tourne le dos, fait quelque pas, pivote. Son regard a changé, il y a quelque chose d'étrange et de dur dans ses yeux. Martin sent tout de suite le changement et se raidit, le danger se précise sans qu'il sache quelle en est la nature. Les deux hommes sont tendus, aux aguets de l'autre, proches de la tétanie. Martin fait deux pas de côté pour être bien dans l'axe de la porte et mettre une distance un peu plus grande entre lui et Romain.

- T'en a parlé à toi aussi ?
- Juste avant d'aller te voir
- C'est des conneries, le vieux il déchabottait totalement
- Ce ne sont pas des conneries, j'ai consulté le dossier, j'ai rencontre son chef de l'époque, tout est authentique.

Même scène, Romain tourne le dos, fait quelque pas, se retourne, Martin recule d'un mètre.

- Tout est authentique ? prouvé ?
- Oui
- Ah bon, donc j'ai eu la vie que je méritais en étant née d'une folle pareille !
- Certainement pas, tu n'as pas eu une enfance facile, je le sais

- Alors répète le, toi tu n'avais pas de soucis avec tes vieux, tu avais la belle vie, moi je me trouvais toujours chez des sales connards.
- Pas toujours, tu as eu une famille d'accueil formidable
- Tu parles, ça n'a pas plu à cette connasse d'assistante sociale et je me suis retrouvé au bagne.
- On a passé du bon temps ensemble
- Si tu le dis, après tu t'es engagé, puis t'es devenu pompier et maintenant flic, nous nous sommes vus combien de fois depuis nos dix neufs ans ?
- C'est vrai pas souvent
- Même quand tu es venu pour ton enquête tu n'es pas venu me voir, tu as sauté la belle Agnès mais moi, aux oubliés absents.
- J'attendais d'en savoir plus sur les liens entre Martineau et les parents d'Agnès. Tu sais dans le cadre d'une enquête si tu attires l'attention sur quelqu'un ça peut le fusiller aux yeux de tous. Donc j'attendais d'en savoir plus pour prendre contact avec toi.
- Noble attitude
- Même pas, je n'y voyais pas très clair dans cette affaire, Ce trafic avait une amplitude qui ne cadrait pas avec Martineau et le collège. Pour moi les lieux, les acteurs, les moyens ne cadraient pas avec l'importance constatée sur le marché illégal. Donc je me suis dis qu'il fallait que j'en sache plus et que je débrouille toute la filière de transformation et de transport.
- Martineau et moi étions associés dans une société de fonderie de métaux, mais je n'ai apporté que des capitaux, moi je ne participais à rien. De mes études en architecture j'ai conservé un bon coup de crayon, alors je suis graphiste free-lance et je dessine pour des boites de pub, des offices de tourisme et autres. Et puis je suis un Geek, certains disent un hacker, je travaille en cybersécurité pour des boites importantes qui veulent protéger des données. Je ne gagne pas trop mal ma vie, alors, l'industrie...

- Tant mieux, je suis content pour toi, tout ça faudra que tu le dises aux collègues, comme ça tu seras tranquille
- mouais
- si, crois-moi.
- Mouais, mais on parle de moi, de moi… et toi alors
- Quoi moi ?
- Oui, toi, dans ton bel uniforme, tu as toujours aimé l'uniforme, tous les uniformes
- Euh, oui, enfin je pense. Que dire de moi. Là je suis en pleine mutation, je pars aujourd'hui sur Paris, je dois prendre en charge un nouveau service d'identification des empreintes palmaires, digitales et autres. Tout est à repenser et à moderniser.
- Ah ouais cool, tu prends ton poste quand ?
- Demain ou après demain, ils attendent mon arrivée
- Ils te connaissent bien, tu les as rencontrés ?
- Non, ce sera un premier contact.
- Ah cool

Le ton est très énigmatique Martin dresse le sourcil droit et l'oreille… danger ?

Mais déjà Romain poursuit

- Oui cool, une nouvelle vie, non ?
- Oui, en quelque sorte
- Au fait t'as quelqu'un dans ta vie ?
- Non, mon boulot me prend tout mon temps
- Euh, tu as trouvé le temps de coucher avec Agnès,
- Ouais, certes
- Parait qu'elle était enceinte
- Elle te l'a dit ?
- Ben oui, elle m'a fait venir sous sa tente pour ça mais je savais que ça ne pouvait être de moi
- Ah bon pourquoi
- Parce que je sais que je suis stérile, j'ai eu une tonne d'examens à un moment donné et là dedans il y avait une analyse de mon sperme : bilan stérile
- Mon pauvre, mais pourquoi ce bilan ?

- Sais pas moi, peur de l'hérédité, de me faire bananer, de fonder une famille, sais pas moi.
- Si ce n'est pas toi le père qui est-ce ?
- Martineau, toi peut être, elle couchait à droite et à gauche, alors...
- Elle t'en a parlé ?
- M'en foutais de toute manière, mais toi, tu n'as pas de chance avec les filles que tu engrosses et qui te poursuivent !

Philippe reste interdit en écoutant cette remarque énigmatique. Qu'est ce que Romain sous entend ?

- tu me dis quoi là ?
- ce que je viens de te dire, Agnès enceinte te poursuit jusqu'à ta brigade et meurt
- elle ne m'a pas poursuivi que je sache et l'on sait maintenant que c'est Paul qui l'a tuée, alors ?
- certain que c'est Paul ?
- oui

Romain reprend son manège, il tourne le dos, fait quelques pas, se retourne. Ses mâchoires sont crispées, il est devenu blanc, il paraît trembler intérieurement comme habité par une colère soudaine

- et Lucie ?
- Lucie, quoi Lucie ?
- Tu ne te rappelle pas d'elle ?

Une blessure enfouie, c'est vrai, il avait enfoui ça au plus profond de lui. Julie, la gamine qui l'appelait « Johnny belle gueule », comme dans le film. Une fille sensuelle, un peu foutraque, qui se voyait un avenir étincelant et attendait ses dix ans avec une impatience pleine de colère.

- Oui, oui, Lucie... et ?
- Et ? tu l'as revue après ton départ suite à ta convalescence ?
- Non, j'étais retourné à ma compagnie, je ne vois pas comment je l'aurais revue. Mais maintenant que tu m'en parles, je me souviens que l'année suivante en revenant en métropole je n'ai pas pu la joindre... c'est vrai, maintenant que tu m'en parle, son père était mort

- De chagrin
- Ah ? Et sa mère racontait je ne sais quoi au téléphone, je n'en n'ai pas su plus.
- Oui sa mère est devenue frappadingue, elle a fini dans un asile d'aliénés et est morte en quelques semaines.

Philippe écarquille les yeux, il lui semble que quelque chose de dramatique va suivre, il ne sait pas vraiment ce qu'il en est mais le regard de son copain ne lui dit rien de bon.

- Tu te rappelles quand même que Lucie sortait avec moi quand tu es revenu te faire soigner au pays, Môssieu avait besoin de se refaire une santé.

Quelque chose ne tourne pas rond dans cette affaire, Philippe sent une alarme retentir dans son esprit. Un décalage se crée entre ce qu'il entend, comprend et ce qui est enfoui dans son esprit depuis longtemps. Comme si l'on déroulait une histoire de trois manières différentes, parallèle mais inconciliables, non fongibles entre elles. D'où pour Philippe l'impossibilité de fixer son esprit et une sorte d'impossibilité de pénétrer la réalité des mots qui s'égrainent.

- Sortait avec toi ? Comment ça, je veux dire, tu es sérieux
- Pas qu'un peu mon neveu.

Le ton est à la fois cassant et sarcastique. Pour Romain l'histoire est claire, linéaire, ardente et volcanique. Il n'y a pas de répit, le magma de lave doit sortir du volcan qui l'habite, le brûle, le ronge. Surtout que ce volcan c'est lui qui l'a créé par ses actes meurtriers. Tout son corps vibre de frémissements telluriques, il a l'impression que tout son être va exploser sous l'impulsion gigantesque de l'éruption de sa colère si longtemps contenue.

- Oui je sortais avec elle, tu vas me dire que tu ne le savais pas et que tu n'as pas fait en sorte de me la piquer ?

Ces derniers mots sont littéralement vomis.

Martin reste interdit, il regarde bien son copain, il a du mal à comprendre, et surtout il se rend compte que si cela est vrai la chose a duré pendant dix ans, dix ans pendant lesquels Romain a ressassé ça jusqu'à pouvoir le dire maintenant.

- Jamais, jamais je n'ai su que vous sortiez ensemble, elle ne me l'a jamais dit. Juste qu'elle sortait d'une histoire avec, euh, attends que je me souvienne... ah oui, un grand blond avec des santiags, mais d'après elle s'était fini.

Romain à un geste de colère, il balaie l'air de la main comme pour donner un coup de cravache et frappe le sol d'un pied rageur.

- C'était fini, ah la salope, fini, pour elle peut être puisque son Johnny belle gueule venait d'apparaître. Toi tu arrives, tu trouves une mère aimante, puis tu l'empêche de s'intéresser à moi, tu fais tout pour m'éloigner parce que tu sentais qu'elle allait aussi m'aimer, peut être plus que toi.... Toi, toujours toi...toi, toi, toi

Martin ahuri contemple son copain qui s'énerve de plus Il tourne en rond en balançant des coups de pied partout en rythmant ainsi ses paroles déclamées avec force et rage.

Dans sa tête quelque chose vient de matcher... Romain a toujours été jaloux de lui, a toujours envié sa vie, son bonheur, sa réussite... quelque part cette rage ne peut s'expliquer que par des années de rumination de griefs enfouis.

- Tu dis n'importe quoi, je ne comprends rien de ce que tu dis. On va en discuter, mais d'abord finissons en avec Lucie. Pourquoi tu me parles d'elle en faisant un parallèle avec Agnès.

Romain se calme et sa transformation a de quoi inquiéter. Son teint devenu encore plus crayeux, ses yeux délavés et son corps tétanisé démontrent que tout son être se tétanise et que cette fois il peut exploser dans un déchaînement furieux. Un rien peut allumer la mèche d'une explosion terrible.

Avec lenteur et en donnant l'impression qui a du mal à se dominer il commence à répondre.

- Je ne dis pas n'importe quoi et de toute façon faudra bien que nous allions jusqu'au bout de cette discussion. Je ne dis pas n'importe quoi, non, seulement moi, je vois, j'entends, je sais et je ne joue jamais les innocents, comme Môssieu. Lucie sortait avec moi, tu te pointes et cette salope te saute au cou, tu joue les Don Juan, tu casques, tu te fais miroiter et cette grognasse n'en peut plus de baver, son « Johnny belle gueule par ci, son Johnny belle gueule par là, il n'y en avait plus que pour toi... et elle venait me le raconter cette conne, me demander des conseils, cette conne, en me disant « tu comprend, toi c'est pas pareil, tu comprends tout, t'es comme un grand frère ». Je la baisais, merde, je la baisais et j'étais comme un grand frère ?

Romain est effrayant, on a l'impression que quelque chose va se rompre, qu'il est prêt à exploser, qu'une douleur immense attend de jaillir comme un flot de lave. Philippe assiste à ça complètement paralysé, la peur s'insinue dans ses veines pendant qu'une vague énorme de chagrin déferle en lui. Il ne sait que faire, il reste là sans réaction.

- Elle a découvert quelques semaines après qu'elle était enceinte, et bien sûr forcément pas de moi, le grand frère, non ça ne pouvais qu'être toi le père. Je t'ai haï comme je n'ai jamais haï quelqu'un de ma vie, et putain j'en ai haï des gens dans ma putain de vie. Et l'autre qui venait dérouler son roman feuilleton auprès de moi. Voila pourquoi, l'analyse de sperme, je voulais savoir, et tu étais forcément le père.

Philippe ne pense plus à ce stade, il écoute, essaie d'enregistrer, mais il ne semble pas que cela « imprime » vraiment. « j'entends les mots, je perçois leur signification, leur assemblage, mais je ne comprends pas l'histoire qu'ils racontent ». Les mots se bousculent, rebondissent les uns contre les autres, leur signification fait naître des images qui se fracassent contre sa raison.

- Attends, attends, euh, temps mort, j'ai besoin que tu répètes plus clairement. Lucie disait être enceinte ?
- Ouais mon gars
- De moi ?
- Ouais mon gars
- Mais pourquoi moi ? si vous couchiez aussi ensemble ?

Romain esquisse encore un coup de cravache.

- Tu les fais exprès ou t'ai vraiment con ? toute ta putain de vie lorsque quelqu'un nous voyaient ensemble, c'est toujours vers toi, uniquement vers toi, que ces cons, ces connes venaient, tu vas me dire que c'est une simple vue de l'esprit ? Et pourtant nous nous ressemblons comme des jumeaux. Je ne pouvais pas être le père des mioches que tu sèmes avec indifférence, avec une désinvolture criminelle.

Un grand vide vient de se creuser dans l'estomac de Philippe, il réalise que depuis tant d'années il n'a rien vu, ne s'est pas aperçu que son copain Roro le jalousait avec une telle violence. Incroyable, impossible, sans fondement. Et surtout, surtout tellement injuste... pour les deux en fait. Philippe et Romain ont vécus plongés dans des illusions opposées et conflictuelles. Un désastre, une folie. Après la mort de ses parents Philippe, frappé par la brutalité et l'inéluctable de ce deuil, n'avait pas cherché à se rapprocher de Romain, par pudeur, il considérait que Romain avait assez souffert dans sa vie et qu'il ne lui appartenait pas de venir y rajouter sa propre souffrance. Il sent maintenant que cela aussi s'inscrit au passif de leurs relations.

- Tu veux boire un coup ?

Sidéré par le changement de ton, presque d'atmosphère Philippe a du mal à freiner son esprit face à ce brusque changement de cap. Il trouve la question bizarre juste à cet instant de la discussion et de la montée en tension, mais bon, à ne rien comprendre, autant éviter de comprendre. En fait il pense qu'une détente ne ferait pas de mal

- Oui, si tu veux

Un arrière fond de pensée vibre d'une alarme difficile à définir. Romain revient quelques secondes après avec deux verres de citronnade, semble-t-il. En effet le goût du citron prédomine, mais il y a autre chose, du gingembre ? Bref, c'est bon et rafraîchissant. Romain reprend la parole. Plus calme, mais plus froid, plus dangereux.

- Tu n'as jamais aimé ta mère comme tu le devais

Philippe reste pantois devant cette assertion, il ne comprend pas la sens de cette remarque. Mais sa réflexion lui paraît lente. Comme si d'aborder le sujet l'anesthésiait un peu. D'ailleurs en quoi cela regarde-t-il Romain ? Ils ont été copains, certes,

Romain aimait beaucoup la mère de Philippe, mais bon. Cela semble incongru dans la discussion. La discussion de quoi d'ailleurs. Martin a de plus en plus de mal à raccrocher le fil de ses pensées.

- Nelly méritait mieux que toi

« Romain appelle ma mère Nelly ? Oui c'est son prénom, mais de quel droit ? »

- Que veux-tu dire ?
- J'ai aimé ta mère plus que toi, ton père et toi vous en êtes foutus de ce qu'elle ressentait. L'armée, l'armée, l'armée. Cette femme souffrait de ton absence et du désintérêt de ton père.

Martin reste estomaqué de ce qu'il entend, il n'a pas de réaction, il veut lutter, rebondir, contre attaquer, montrer à Romain qu'il a tort, qu'il n'a aucun droit de parler ainsi, mais son esprit, son corps lui refusent cette réaction primaire.

- Moi j'aimais ta mère comme un vrai fils l'aurait aimé.

La vérité se fait dans l'esprit de Philippe. Elle est sidérante, impossible, terrible et si hors du champ de la pensée de Philippe.

- Tu veux dire que tout ça ce n'est qu'une affaire de jalousie et de vengeance d'un gamin souffrant d'être abandonné et mal aimé ?

Avec une énorme véhémence et une sorte de transe, romain se lève et hurle

- Plus que toi je méritais d'être le fils aimé de Nelly, plus que toi, plus que ton père ce salaud !

Malgré le brouillard qui commence à envahir la pièce Philippe se relève, il a du mal à tenir la position debout et sa langue lui parait énorme. Il ne peut laisser dire ça, mais il retombe en arrière. Romain hurle littéralement, tout rouge, les yeux semblant jaillir de ses orbites.

- Pas un enfant abandonné, un frère spolié, nous sommes frères trou duc, nous sommes jumeaux, il n'y a que toi, le coucou, qui n'a rien vu, rien compris. Tu m'as pris ma vie, tu n'as pas partagé, salaud, tu vas crever !
- Co Comment ça frères
- Ouais fils de Sœur Thug tous les deux, enfin tous les trois,

ton vieux flic a perdu la trace du troisième.

- Il ne me l'a pas dit aussi abruptement, mais je refusais de comprendre ou d'admettre
- Ben t'as compris maintenant ?
- Oui, mais, mais…
- Mais quoi, tu te sens mal ?
- Ça tourne
- Forcément avec la dose que tu as avalée tu ne t'en sortiras pas

Martin essaie de lutter contre l'endormissement qui le gagne. Il tente de prendre son arme à sa ceinture dans le dos, mais il n'y arrive pas, ses jambes flageolent. Il entend comme dans un brouillard.

- Tu ne m'en veux pas frérot, mais moi j'ai besoin d'une nouvelle vie aussi. Demain ou après demain tes collègues de Paris recevront un nouveau Philippe Martin, il suffira une fois en poste que je change nos empreintes et nos photos et je serai devenu Philippe Martin…

Philippe Martin s'écroule-la bave aux lèvres, quelques horripilations, un ou deux sursauts en position de fœtus et il est raide mort.

Romain fouille Philippe, prend tout l'inventaire de ses poches, son téléphone, son arme. Il sort, fait rentrer la voiture dans le hangar la fouille trouve des dossiers, des papiers, un ordinateur, des clés USB et des disques durs. Il embarque tout dans un grand carton qu'il met dans le coffre de la voiture, il apporte deux valises rangées dans un coin, les mets avec le reste. Il porte le corps de Philippe Martin jusqu'à un fut et l'y plonge avec précaution. Puis allant jusqu'à une petite porte il revient avec un diable plein de boites en bois. Il les dispose dans un angle, puis il repart et revient cinq fois, puis il relie toutes les boites entre elles et à un boîtier disposant d'un minuteur qu'il met en route.

Alors qu'il roule depuis une heure le téléphone de Martin sonne, il répond.

- Oui
- Lissandre, vous allez bien ?
- Oui
- Vous êtes enrhumé ?
- Oui
- Bon, voila, vous êtes en route ?
- Oui
- Bien, un des entrepôts de Martineau vient de prendre feu, vous y êtes passé ?
- Oui, mais il n'y avait personne
- Nous avons relevé un bornage de votre téléphone à cet endroit il y a deux heures alors nous étions inquiets.

« Saloperie de Philou il a essayé de me piéger, il a allumé son tel avant d'entrer dans le hangar, pour que ses copains sachent où il était. M'aurait bien tendu un piège »

- Tout va bien, je vais prendre mon poste
- La brigade sur place dit que le feu est quasi inextinguible il s'agirait de phosphore, un truc terrible et hyper dangereux. Et à l'arrière on aperçoit, disent les collègues, une carcasse de voiture qui brûle, sans doute une Renault Captur. Je pense que Martineau fait le ménage, je mettrais ma main à couper qu'il a fait disparaître son copain, le dénommé Plassard. C'est pour cela que nous nous faisions du mouron pour vous.
- Je comprends et je suis d'accord avec vous, il doit faire le ménage car il se sent pressé de toutes parts.
- Bon diagnostic, bonne chance, et s'il y a des problèmes vous m'appelez
- Ok.

« Bon maintenant en route pour une nouvelle vie, trente ans que j'attends, va falloir en mettre un coup mais être patient, l'histoire va encore longue, mais la finalité sera sublime. »

Épilogue : 2 ans après

Sans que l'on sache comment et pourquoi, une nuit le système central de la gendarmerie était tombé en panne, il a fallu trois heures aux spécialistes pour le remettre en route. Lorsqu'il a été rebooté personne ne s'est aperçu que tout ce qui concernait les enquêtes sur Sœur Thug et sur le meurtre d'Agnès Levavasseur avait disparu du système. D'ailleurs cette dernière affaire avait été classée par le procureur à la demande de la famille Levavasseur. Pour le meurtre de Yaneck un classement sans suite avait déjà eu lieu. Le futur aura du mal à s'étayer sur un passé disparu. Et pourtant cela aurait expliqué beaucoup de choses…

FIN

www.ingramcontent.com/pod-product-compliance
Lightning Source LLC
LaVergne TN
LVHW010549160826
845677LV00013B/3058